[name]
レーナ
GENOCIDE ONLINE
CHARACTERS
It is a story in Japan that followed a little different
developed history from you.

KARMAN STORY ONLINE
K
S
O
[name]
絶対
不可侵
領域
[name]
ハンネス
[name]
マリア

ジェノサイド・オンライン
3
極悪令嬢の混沌衝突

たけのこ

ぶんか社

CONTENTS

プロローグ

私、萩原舞《はぎわらまい》は奴に聞き出さねばならぬことがある。

「――おいこら織田《おだ》ァ！」

帰宅後マリアとして『ＫＳＯ』の世界にログインして早々《そうそう》に幼馴染《おさななじ》みのユウを見つけ出し、その胸倉を掴み上げて問い詰める。

「ぐふっ……！」

「キリキリ吐いてもらおうやないかい？」

「な、なんのこと……あとリアルの名前ＮＧで……」

やっべ、ついうっかりリアルと同じノリでやっちゃった……気を付けなければ！

って、それよりも！

「お前なにワシに断りも入れず先に……えっと、レーナさんと仲良くなってんねん！　……オラァ！　個人チャット申請！」

「口調《くちょう》全然違っ……あ、はい、どうでもいいですよね。あと了承」

どうでもいいことにツッコミを入れてくるためさらに締め上げるとすぐさま音《ね》を上げる。

……こういうヘタレなところがダメなのだ。

店員さんが女性ってだけで、表紙がちょっとえっちなラノベが買えなくって私に頼むくらいのヘタレめ！　同じオタクとして、そして友として恥ずかしいわ！

「洗いざらい吐かないともう原稿読ませんぞ！」

「そ、そのですね――」

そうして織田から詳しい経緯を聞いていくのだった――

「――おいこら織田ァ！」

「ぐふっ、また……」

こ、こいつぅ⁈　羨ましすぎる‼

なんだよ一条《いちじょう》さん自ら同行を頼んできたって！　なんだよ道中《どうちゅう》守ってもらったって！　そこ代われ！　……じゃなくてこのやろー‼

「……それで？」

「な、なにが？」

「それでレーナさんと冒険した感想はって聞いてんだよぉ！」

「ぐふ、理不尽……」

なんて奴だ！　お前クラスのミステリアス美少女とゲームを通して仲良くなるだぁ？　それなんてラノベだよ‼　私も百合《ゆり》枠で立候補してもいいですか⁈

「その、意外と無防備でよく顔が近くなったり……」

「あぁ⁇」

「ぐぇ……！」

なんだと……？　顔……顔が？　あの一条さんの良すぎる顔が近くに……⁇　ヤバい吐きそう、初めてこいつに殺意を抱いたよ。

しかもこいつ『ぐぇ』とか『ぐふっ』とか情けない声出してるくせに微妙にニヤつきやがってぇ……!!　オタク特有のマウントと優越感を滲《にじ》ませやがってぇ……!!　ぐやじぃ!!

「……それにこの前のイベントでは首に腕を回されて耳元で囁《ささや》かれてね」

「キィー!」

「し、締まってる……死亡後復活《リスポーン》しちゃう……」

私も耳元で囁かれたいでござるよ……絶対孕《はら》む自信あるよ、だって一条さんだもん。

「しかも初めての友達だって」

「……っ?!!」

なん……だと……?!　一条さんの初めてをコイツが……??

「おいこら織田ァ!!」

「ぐ、ぐふっ……」

あ、今こいつさも苦しくて声が出たんですよみたいな風を装って笑いやがった!!　絶対こっちに対して優越感に浸ってる!!　ぐやじぃ?!!

「しかも初めてだから色々教えてって」

「あぁ?!」

「これからもよろしくって」

「あぁ?!」

「黙ってどっか行くなんて傷付くって」

「あぁ?!」

「しかも根は優しいんだよね」

「あぁ…………………あ？」

「ん？」

……根は優しい？　一条さんが？

「は？　いちっ……レーナさんがただ優しいわけないでしょ、織田くぅん？　頭大丈夫？」

「こ、コイツッ!!?」

本当にこれだから二ワカは……一条さんが優しいとかありえないから！　困るんだよね、そういう間違った知識広められるの。

「ちゃんとこちらを気遣《きづか》ってくれるし優しいよ！　確かにジェノサイダーって言われるプレイスタイルだけど……」

「ん？　ゲームは関係ないけど？」

「は？　だったら尚更《なおさら》優しくないわけないのでは？」

「はぁ？　……解釈違い乙《おつ》、同担《どうたん》拒否だわ」

「こ、コイツッ!?」

いやぁ～、参っちゃうね！　私くらいの古参ストー……ガーディアンになるとなんとなくわかるんだけど、新参の二ワカにはわからないかぁ～、かぁっー！　つれぇ～わ～、マジでつれぇ～わ～！

「……誰かちゃんと語り合える同志は居ないものか」

「こ、コイツッ！」

はぁ〜、一条さんが優しいわけないじゃない……あれは『他人に興味がない』のと『周りを細かく観察してる』のが矛盾《むじゅん》せず同居してるだけじゃない。そこに彼女の唯我独尊《ゆいがどくそん》的な気まぐれが加わっただけ……これだからトーシローって奴はよ〜！　……それ以外だと、アレかな。

「ま、まぁ、確かにただ優しいだけじゃないかもしれないけど……」

「はぁ〜……」

「ほ、本当だって！　仮に違うとしても僕はレーナさんが根は善人だって信じてるし、信じたい！」

「あ、そう……ていうかユウが初めていちっ……レーナさんと会ったタイミングだと、既にレーナさん他の人とパーティー組んでるよね？」

「!?」

「……友達は初めてでもフレンドは初めてではなかったようだね？」

「なん……だと……?!」

その時には既に誰か他の人とパーティー組んでダンジョン初攻略してたわけだから……ユウざまぁ！　ハッハッハ！　…………はぁ〜、私が最初にパーティー組んだことにならねぇかなぁ??

「で、でも君はフレンドにすらなれてないじゃないか！」

「ふふ、馬鹿だなぁ織田くん。馬鹿さ……！　ホント馬鹿！」

「こ、コイツッ!?」

そんなことはわかっているさ……でもね?!

「レーナさんのセカンドヴァージンと、初めての同性の友達&フレンド登録はこの私がもらったァ!!」

「な、なんだってー?!」

異性であるユウには決して不可能な方法でマウントを取っていた時だった——

「——おや、ユウさん。こんな所に居たんですか」

「くぁwせdrftgyふじこlp」

噂の相手であるレーナさん……一条玲奈《れいな》さんが私たちの後ろに立っていた。

いきなりのご本人登場に心臓が過労死寸前でござる、労働基準法はいずこへ……。

「……なんですか、これ?」

「気にしないでください、ただの限界オタクです」

「まぁ、ちょうどいいですね。レーナさん、この方がですね——」

「っ?! ユウ、お前……」

ごめんよ、出会い頭《がしら》でいきなり締め上げて……やっぱりお前は私の心の友——

「レーナさんのストーカーをしていたらしいでっ——ぶぇ?!」

「おいこら織田ァ!?」

お前なに晒してくれとんねん!? 東京湾に沈めるぞこら、アァン?!

「いい?! 私はストーカーじゃなくてガーディアンなの! そこ間違えないで!」

「ぐふっ、……ふぁい」

「……本当になんですか、これ?」

憧れの一条さんが個人チャットで戯《たわむ》れる私たちの痴態《ちたい》を冷めた目で見ていることなどには気づかず、私はこの裏切り者《ユウ》に対する制裁決議案を可決するのだった。

第一章．私と友達になってくれますか？

「……うっ！」

「……大丈夫？」

「うん、ちょっと直視しちゃった……えへへっ」

今まで必死に繋げてきた会話のネタも尽きてきて正直辛《つら》いものがある。

「あれだったらフィルターかけた方がいいよ？」

「……ううん、レーナさんと仲良くなりたいからこのくらい慣れなきゃ」

「……そっか」

今、目の前では虐殺が起きている。周りはリアルすぎる血の臭いと誰かが漏らしたのかアンモニア臭が混ざり、気持ちが悪い……視界に映るのは赤、ピンク、白……そしてほんの少しの肌色だけ。

レーナさんの容赦ない行為の被害に遭っているのは、『エルマーニュ王国・西部辺境地』エリアを根城《ねじろ》とする盗賊たちだ。命知らずにもレーナさんに絡んだことで、老若男女《ろうにゃくなんにょ》の別なく切り刻まれ、大地に栄養を与えることとなってしまっている。

どうやら一条さんが『始まりの街』と『ベルゼンストック市』にて政権や政治体制を立て続けに変えたために大きな混乱があっちこっちに広がり、この『エルマーニュ王国・西部辺境地』エリアの治安が悪くなって盗賊などが蔓延《はびこ》っている……らしい。ユウが言ってた。

「……本当にプレイヤーの行動次第でゲーム全体に影響を与えることができるんだね」

「うん、レーナさんがさっき殺した盗賊が夫婦っぽかったし、元は町民か農民かもね」

「外から流れてきたタイプじゃないのね、さすが検証班」

「どうも」

なるほど、この盗賊団はやけに数が多いなと思ったら『渡り』じゃないんだね……。

「レーナさんが派手に暴れたからね、行商人が寄り付かなくなっちゃって、作物《さくもつ》が売れなかったり物資が手に入らなかったり……海運の街である『ベルゼンストック市』はまだマシらしいけど、それでも酷いらしいよ」

『始まりの街』では司教まで殺害されたし、その後すぐに表向きは後継者争いからの、それまで存在自体知らなかった隠し子が新しい領主になった。

『ベルゼンストック市』ではそれまで続いた領主一族を丸ごと追放したからそれまでの人脈や運営方法の蓄積などが失われ、一からの手探り状態……結果、せっかく作った農産物が売れず、必需品などの物資も手に入らなくなった。それまで税を納めていた農民などが生活のために盗賊になり、それによって治安が悪くなったために外からも盗賊団が流入……それを受けてますます行商人を筆頭とした人の流れがストップという悪循環に陥ってしまったと。

「色々とリアルっ、だね……」

「……本当に大丈夫？」

「だ、大丈夫……」

「涙目じゃないか……」

だって、見てるだけで辛い……レーナさんは相変わらず無表情で淡々と向かってくる敵を女子供も区別なく『処理』していってる。

「……そこまでして一条さんと仲良くなりたいの？」

「げほっ、……うん」

「理由を聞いても？」

「……」

「……無理には聞かないけど」

理由って言われても……だって、一条さんは──

「終わりましたよ二人とも」

「っ!?」

「……早かったですね？」

「？　そうですか？」

ビックリした……いきなり後ろから一条さんが声を掛けてくるから驚いた。

「それよりもレーナさん、彼女が頼みがあるそうですよ」

「えっ?!」

ちょ、おま……ユウ!?

「……確か、マリアさん……でしたよね？」

「そ、そうです！　レーナさん」

おぉ、まさか自分のプレイヤーネームを覚えてくれているなんて感激です……もう尊《とうと》すぎて死ぬ。

「それで、なんでしょう？」

「アッ……私、えっと……仲良く……アッ……アッ……」

「……？」

「……ダメだこりゃ」

うるせぇよ！　この状況で言えるわけねぇだろぉ?!　お前は推しが目の前に居てうまく喋れるのかよ?!　しかもめっちゃ不機嫌に虐殺した後やぞ？！！

「……ファイト！」

「てめ、こんにゃろ！」

「……あの？」

ハッ！　いかんいかん、一条さんを置いてけぼりにしちゃってた！　が、頑張れ私!!

「ア、アノー………えっとですね？　その、……ァえっと……ァ……ァ…………やっぱ無理です、ごめんなさい!!」

「あ、はい、大丈夫です……よ？」

ごめんなさい、本当にごめんなさい！　やっぱり今は無理です許してください！　今は同じ空間で同じ空気を吸ってるだけで満足ですぅ!!

「……これが限界オタク、僕も気を付けよう」

うるせぇぞ織田ァ！

▼▼▼▼▼▼

ユウさんとマリアさんのじゃれ合いを眺めていると遅れて先ほどの戦闘結果が通知されましたね。

スキル等の確認は後にして、気になるのは称号の効果ですね。ただの記念でなんの効果もない称号もありますが、名前からしてその可能性は低いでしょうし確認しましょう。


＝＝＝＝＝＝＝＝＝＝＝＝＝＝＝＝＝＝＝＝＝＝＝＝＝＝

殺戮《さつりく》加速：短時間での大量殺戮を繰り返した者の証。一度の戦闘で殺人を繰り返す度にＡＧＩ上昇《最大75％》硬直軽減《中》ノックバック耐性《中》人類種に対する与ダメージ上昇《中》

人類平等《びょうどう》・悪：老若男女や善悪など関係なく無慈悲に殺戮を繰り返した者の証。人類種に対する与ダメージ上昇《大》カルマ値《善》の敵への与ダメージ上昇《大》全陣営への与ダメージ上昇《中》カルマ値《善》の敵からの被ダメージ上昇《大》全陣営からの被ダメージ上昇《中》

＝＝＝＝＝＝＝＝＝＝＝＝＝＝＝＝＝＝＝＝＝＝＝＝＝＝

……うーん、そんなつもりはないのですが、ますます人類の敵という感じの称号ですね？特にカルマ値が善寄りの中立や、秩序の陣営とは知らないうちに明確に敵対してる感じですか。隠密《おんみつ》や隠蔽などのスキルを発動していないとＮＰＣたちがすごい表情をしてきますし。

「……それはともかく、イベント報酬が結構役立ちましたね？」

５万ポイントもした『静謐《せいひつ》の小太刀《こだち》』が想像以上に強かったですし、実験に新しく『操糸《そうし》』スキルと『二刀流』スキル、『仕込み』スキルを合計８０００ポイントで習得し、鋼糸《こうし》というジャンルの武器である『黒魔蚕《くろまかいこ》の糸』を３万ポイントで入手、こちらを副武器や罠に使いましたが予想以上に良い仕事をしてくれました。

1万ポイントで手に入れた卵から孵《かえ》った従魔《じゅうま》たちも順調に育っているようでなによりです……そのうち活躍させられますかね。

「山田さんたちも新しい武器や防具はお気に召したようですね」

『――！　――！』

他に防具やアクセサリーなど、合計22万ポイント、残りの1万ポイントを素材やSPに全額交換しましたが、なかなかに良い選択をしたようです。

「……このくらいにしてやろう」

「はい、すみませんでした……」

どうやらユウさんの『これが限界オタク云々《うんぬん》』という発言から始まったじゃれ合いが一段落ついたようですね。

「おや、終わりましたか？」

「っ!?　ひ、ひゃい！」

……なぜかマリアさんは私が話しかける度に挙動不審になるんですよね。カルマ値がプレイヤーに影響するのは戦闘時などで普段は無関係なはずですから、おそらく別の理由だとは思うんですが。

「……とりあえず先を進みますよ」

「わ、わかりました！」

「助かった……」

なかなかに愉快な方なんですけどね？　ユウさんとも仲が良いみたいですし、しばらく様子を見ましょう。

▼▼▼▼▼▼

「おや、なにやら人集《ひとだか》りができてますね？」

「本当ですね、なにかあったんでしょうか」

ユウさんの相槌《あいづち》を聞き流しつつ前方の集団を見据えます、なにやら騒いでもいますね。

「えぇい！　道を空《あ》けぬか!!」

「なぁ、これってクエスト？　それともイベント？」

「知らんけど結構な規模の軍隊だな」

「おのれぇ！　渡り人といえども容赦はせぬぞ!?」

「なぁ、怒ってるし退《ど》いた方がよくね？」

「つっても後ろがつっかえてるし……」

なるほど、おそらく軍隊が行進《こうしん》していたためにプレイヤーの興味を引かれて集まり、それによって進軍が停止、さらに人が集まる結果になっていたようですね。

このゲームの渡り人、つまりプレイヤーは神々が呼び寄せたという設定だったはずです。それに対して容赦しないとまで居丈高《いたけだか》に怒鳴《どな》るということはそれなりの身分の方が同行してそうですね。

「お偉いさんでも居るのかな？」

「うーん、多分居るんじゃないかな？　どんな人かはわからないけど」

マリアさんとユウさんも同じような予想をしていますし、可能性は高そうですね。

「この軍の総司令官は王太子殿下《おうたいし》であられるぞ⁉」

「マジかよ！」

「え、王太子？」

「やっぱこれイベントだって‼」

「イベントはこの前あったし、もしかしてワールドクエストかもよ？」

「なっ⁉　貴様らなぜ先ほどよりも寄ってくる！！？」

これは予想以上の大物が来たようですね。ここは辺境伯という、国境を守り、外国との戦争に於《お》いて最前線に立つために独自に軍を編《あ》む権限を与えられた貴族が治《おさ》める地です。

そこでの大規模な後継者争いとクーデターですから、余程《よほど》事態を重く見たと考えるべきですから……そうであったとしても王太子殿下が総司令官を務めるほどとは思えないので、彼の初陣《ういじん》も兼ねているのでしょう。

「……ＮＰＣ困惑してるじゃん」

「仕方ないね、だってゲームだもの……」

「ＮＰＣ自体はゲームだっていう意識が皆無《かいむ》だから混乱するか……」

……まぁ、確かにＮＰＣたちはここがゲーム世界だという意識はなく、自分たちは本物の世界で生きる本物の人間だと認識しているようですからね。なので王太子殿下が居ると聞いてさらに突撃してくるプレイヤーたちが理解不能なんでしょう。

「……とりあえず殺《や》りますか」

「……なにをやるんですか？」

「え、ちょっとレーナさん？」

「貴様ら！　いい加減に――」

離れたこの距離から鉄片を投擲《とうてき》し、先頭で騒いでいたおじさまの頭を貫きましょう。

「『……は？』」

怒鳴っていたおじさまの頭を撃ち抜いたところで、なにが起こったのか理解できていなかった周囲の人間たちが数秒の間惚《ほう》けますが――死体が馬からずり落ちた音によって正気《しょうき》に戻ります。

「だ、大隊長ー!?」

「何者であるか?!」

「下手人《げしゅにん》を突き止めよ！」

「渡り人たちよ、これが狙いか!?」

「は？　……え？」

「なに、イベントが進んだの？」

騒ぎが大きくなり混乱しだしたところで集団のド真ん中に爆薬を複数投げ込み、さらに混乱を煽ると共に煙で視界を悪くしてから駆け抜けます。

「あ、ちょっとレーナさん！」

「えぇ？　レーナさんっていつもこんな感じなの？」

邪魔なプレイヤーの首を駆け抜けざまに掻き切り、首を落とし、武器を奪っては中央付近へと投げ込み、爆薬をばら撒く。

「固まれ！　殿下をお護《まも》りしろ！」

「重装歩兵、前へ！」

……さすが軍隊ですね、混乱してもなお対応が早く、優先順位もわかっているようです。即座に前に出てくる重装歩兵へ向けてプレイヤー製の人間爆弾を複数投げつけ釘付けにしましょう。

「ぐぇっ……!!」

「なにが起きてる?!」

「あれ、あいつジェノサイダーじゃね?!」

「マジかよ、巻き込まれるぞ！」

プレイヤーたちが私に気づき始めたところで罠を起動し、駆け抜けながら張り巡らせていた鋼糸を引っ張って一気にプレイヤーたちをバラバラにしつつ一本の太い槍のような形状にまとめる。

「おい……おいおいおいおい!!」

「やべぇって!!」

「身体《からだ》がっ……?!」

防御力が高かったり回避したりで生き残りも多いですが構いません。この鋼糸には毒や痺れ薬などが塗ってありますから、短時間ではありますが大多数のプレイヤーをこの時点で無力化します。

「ま、魔術大隊は結界を張れぇ！」

「重装歩兵は中央へ戻り固まれ！」

「弓兵！　矢を射掛けろ！」

させませんよ……重装歩兵の膝裏や脇下などの構造的に鎧で覆えない部分を鋼糸で切り裂いて毒

を仕込み、弓兵が放つ矢を『暴風魔術』の《追い風》によってはね返す。

魔術大隊が結界を張る前に、爆薬や毒薬、プレイヤーの肉片その他を一緒くたにした鋼糸の巨槍を軍の後方目掛けて『操糸』スキルの《衝撃伝達》と『投岩《とうがん》』スキルの《彗星《すいせい》》を用《もち》いて放つ。

「わぁ～……」

「つ、付いていかなきゃ……！」

「……無理しなくていいからね？」

「……はい」

二人の力のない会話を聞き流しながら退路を断《た》った軍へ向けて突撃します。

「くそっ！」

「なにか向かってきます！」

「絶対に通すな！」

「軍に喧嘩《けんか》を売るとは……狂人め！」

即座に道を塞ぐ重装歩兵の大盾を足場に跳躍、大量の火薬玉をばら撒きながら兵士の頭上を跳んでいきます。

「弓兵、やめ！」

味方への誤射を恐れて矢の雨が止まりましたのでさらに進みやすくなりましたね……そのまま重装歩兵の居た場所を抜け着地し、その背後に陣取っていた槍兵を薙《な》ぎ倒していきましょう。

「こいつ速いっ!?」

「囲め！」

「数の力へぶぇっ?!」

鋼糸で槍兵の一人の足を巻き取り、それを振り回すことで牽制としながら鉄片の投擲で喉や目を貫いて数を減らしていく。突き込まれる槍を掴みながら兵士の腕を切り落として奪い取り、棒高跳びの要領で包囲を脱し、空中にて逃げようとしている一際派手な馬車の車輪を火薬玉の投擲で破壊します。

「しまっ――」

すぐさま反転してきた護衛であろう騎兵の馬を毒針で貫き、爆薬で道を塞いで時間を稼いでから馬車の上へと着地します。

「……武器を捨て、投降しなさい」

レベルの上昇などを伝えるアナウンスを聞き流しながら言葉を発する。

「貴様ァ!?　土足で登っていい場所ではないぞ!!」

「降りよ！」

……まぁ、無理ですよね。一応言ってみただけです。

そのまま溜め息を吐《つ》きながらある物を取り出します。

「えっと、ようく見ていてくださいね？」

「なにを――」

取り出した特製の鉄球を近くの山へと投擲――すると一拍遅れて轟音と共に爆発し、そのまま土砂崩れが起きます。

「……」

「……さて、どうします？」

これ見よがしに先ほどと同じ物を下の馬車へと向ける。

「……貴様」

こちらを親の仇でも見るような憤怒《ふんぬ》の形相《ぎょうそう》で周りを兵士たちが取り囲みますが、ジリジリと距離を詰めるだけで手を出してきません。

「……よい、武器を下げよ」

「っ！　殿下!?」

おや、まさか王太子殿下が自ら馬車を降りるとは……なにか目的でもあるのでしょうか？

「そちらのお嬢さん、話を聞く代わりにこちらの質問に答えてもらってもよいかな？」

見た目は……アレクセイ騎士団長と同じくらいですかね。20代後半くらいです。

そんな王太子がこちらを油断なく見据えながら馬車へと手招きします。

「殿下、危険ですぞ!?」

「いいんだよ、おそらく彼女だから」

「まさかっ!?」

……さて、どうしますかね？

▼▼▼▼▼▼

エルマーニュ王国の辺境勇士——周辺諸国にもその名を轟かすアレクセイ・バーレンスが敗死し

たとの報が届いた時の宮廷の動揺の仕方は凄まじかった。

アレクセイほどの傑物《けつぶつ》がぽっと出の庶子《しょし》程度に負けるなど考えられなかったのもあるが、南西に位置する帝国に対する牽制がなくなったのも大きい。

「殿下、本当に彼女が……」

「我が軍が翻弄されたところをお前も見ただろ？」

「そうですが、俄《にわか》には……」

まだ若く、伸び代《しろ》も十二分にあり、いずれは中央神殿が主導する『聖戦』の『勇者』か『剣聖』の役割を担う筆頭候補であったアレクセイが負け、亡くなったのだ。

……そしてなによりもアレクセイは私の学友だった。

宮廷では帝国か混沌陣営の謀殺《ぼうさつ》ではないのかともっぱらの噂だ。

「いざという時は転移の羽で王都に逃げる……悪いがその時は」

「時間稼ぎならお任せください、なんなら討ち取ってみせましょう」

「……頼もしい部下を持ったな」

王都の学園を卒業したきり、アレクセイの戦っている姿は見ていないが、それでも奴の負ける姿が想像できない。学生の頃から強く、時にはベテランの近衛兵《このえへい》すら打ち負かすほどだった。

……そんな私の友人の仇かもしれない女が目の前にいる。内心穏やかではないが、少なくとも今はまだこちらを害する気はないようだ。

辺境派遣軍に甚大な被害が出ているのだし、少しでも情報を取らねばその被害に釣り合わないというもの……このままでは野心家の弟に隙を見せることにもなるだろう。

「ベルゼンストック市の一件にも関わっているかもしれん。それも探る」

「御意《ぎょい》」

部下と小声で、なるべく唇を動かさずに会話をしているとようやく馬車の上から女が降りてきた。

「……レーナさん、大丈夫なんですか？」

「まさかいきなり軍に突撃するなんて……」

……どうやらお仲間が居たらしいな？　どちらも秩序の陣営に属する者だと思うが……帝国の間《かん》者《じゃ》という線が濃厚か？

「馬車でお話がしたいそうですよ」

「……なにがどうなったらそうなるんですか？」

「レーナさんと付き合うって大変なのね……」

仲間と何事かを話しながら馬車に乗り込む。罠を警戒しないのか、それとも罠ごと食い破る自信があるのか……掴み切れないな。そんなことを考えながら自らも馬車に乗り込む。

「さて、お話とはなんでしょう？」

「そうだね、その前にまずはそちらの話を聞こうじゃないか、なぜこちらを襲ったのか理由を聞いても？」

「……色々と面白くなりそうだったからですが？」

『『……』』

あんまりな内容に部下と一緒に黙ってしまう、もしこれが本当なら混沌陣営らしいと言えばらしい理由だが、仲間二人は秩序陣営……それもかなり徳が高い方だろう。

これはやはり帝国の間者であり、素直に目的を話さないつもりということか？　間者でありながら話し合いに応じたのもなにか裏がある？

「……そうか、まともに答えるつもりはないようだね？」

「？　……⁇」

ふむ、表情を偽ることもお手の物か……これは難敵だな、少しカマをかけてみるか。

「……君がアレクセイを謀殺したのはわかっているよ、目的はなにかな？」

「……ん？　謀殺？」

「凄いよ、NPCにも認知されてるよ（コソコソ）」

「微妙に違う気もするけど、やっぱりNPCにとっても大事件だったんだね（コソコソ）」

一瞬反応したね。特に仲間の二人がビックリしつつ互いに顔を見合わせ小声で会話をしている……。

『……謀殺？』などとトボけているが、これでこの女が間者であることはほぼ確定だろう。

「なにかを隠蔽しているようだけど無駄だよ」

「おや？　わかるんですか？」

「あぁ、なにを隠してるかまではわからないけど隠蔽していること自体はわかるんだ」

「へぇ？」

生まれつきの固有スキル――《神の助言《じょげん》》……虚偽や隠蔽などを見つけることができる。見破れはしないが、それによって相手の逃げ道を塞ぎ『もうしらばっくれても無駄』だと暗に告げる。

「わかりました、では……」

『っ？！！』

――ヤバいヤバいヤバいヤバいヤバい!!　奴が隠蔽を解除した途端に溢れ出る濃密な混沌の気配に当てられ、冷や汗が大量に溢れ出る。

部下は咄嗟に剣の柄に手をかけたが小刻みに震えてそれ以上進めないようだ……まさか帝国の間者ではなく混沌の使者、それも溢れ出る濃密な気配からおそらく『使徒』レベルに届くだろうかという大物だとは……。

「……まさかここまでとはね？」

「なにがですか？　わかっていたんでしょう？」

「はは、それはキツイなぁ……」

まさか先ほどの自分の言葉を返されるとはね……これは本気で油断できないな。

「……決定的になにかが噛み合ってない気がする」

「……天然怖い」

……よく見れば仲間の二人も恐怖の表情を浮かべている、おそらく脅迫か人質か……なんらかの手段で無理矢理に同行させられていると見るのが正解だろうか。

「中央神殿にとって重要人物であったアレクセイを謀殺した理由は、君なら十分あるだろうね」

「そうですね、彼は楽しかったですよ」

さてどうしたものか……素直に自白してくれたのはいいが、今度はなぜこちらを襲ったのかがわからない。これは逃げ場のない馬車に招いたのは早計だったかな？　相手を逃がさないつもりがこちらが逃げるのが難しくなるとはね。

「……『汚濁斑《おだくまだら》の卑神《ひしん》』は僕の命までも狙っているのかな？」

「っ！　殿下!?」

この相手に腹の探り合いは通じないだろう。直球で勝負する。

「？　……神は関係ありませんし、あなたの命が狙いでもありません」

「……違うのかい？　だったらなぜ？」

僕の命が狙いではないのならなにが狙いだ？　辺境に調べられたくない物でもあるのか？

「王太子であるあなたを殺すことで面白くなるかな、と……それだけです。あなたの命は手段でしかありません」

「――」

「っ!!　殿下お逃げくださ――」

なけなしの勇気で忠義を示そうとした部下の首が落とされる。

……この女は危険すぎる、混沌の使者などではなく化身《けしん》とも言える。ただ自身が為《な》したいように為し、周りに混沌を振り撒《ま》く邪悪だ。

私は半《なか》ば無意識に『転移の羽』で王都へと逃げた。

「――逃げられましたか、まぁすぐに王都に向かいますけど」

移動する直前、女の発した言葉が聞こえ、私は生まれて初めて〝純粋な悪意〟というものを感じ、恐怖に震えた。

▼▼▼▼▼▼▼

王太子殿下の護衛だったものの首を蹴飛ばして、馬車の扉を蹴り破ります。

「では二人は支援をお願いします」

「あ、ハイ」

そう言い残して馬車から降りていくと案の定周りを囲まれていますね、皆さん憤怒の形相です。

「殿下が転移の羽を使われたのを見たな?! こいつを討ち取るぞ!」

「仲間の仇であると共に我が国の敵である!」

指揮官クラスが部下に檄《げき》を飛ばすのを聞き流しながら周囲を把握していきますが……大隊か連隊規模なので四桁は確実に居ますね。これはさすがに本気を出さないといつ終わるかわかりません。

「――『身体《しんたい》強化・虐殺器官《ぎゃくさつきかん》』」

「っ?! 構えろ! 油断するな!!」

「――『精神感応《かんのう》・魔統《まとう》』」

「警戒レベルを引き上げろ!!」

どんどん強化と付与を施していきます。出し惜しみは……あまりしない方向でいきましょう、ユウさんとマリアさんからも支援がきましたしね。

軍隊だけあって『虐殺者』などの称号効果が発揮されるには十分すぎる敵の数ですし、数が減っても新しく獲得した『殺戮加速』の効果で一定の水準からスピードが落ちることはないでしょう。

数が多くてさすがにある程度は時間がかかるでしょうからスリップ《継続》ダメージがある『自己改造・凶気《きょうき》薬』はなしでいきます。

「……楽しい『遊び』になりそうです」

「突撃――」

一番前に居た指揮官の頭を目の下あたりで切断し、爆薬を詰め込み投擲しましょう。

「貴様ァ！」

その爆発を開戦の狼煙《のろし》として鋼糸を展開しながら駆け抜け、彼らのド真ん中へと突撃します。

「止めろ！」

「後衛に近寄らせるな！」

突き込まれる槍を右の脇下で挟み、肘から先の腕を下から蛇が添え木に巻き付くように掴み取って奪い取り石突《いしづき》で後ろを見ずに顎をかち上げる。

そのまま槍を振るって前方を牽制しながら左肩に載せ、首の後ろで回すようにして背後の方の首を掻き切り、さらに隣に来た兵士の一人に突き刺して持ち上げることで矢の雨を凌《しの》ぐ傘にします。

「クソッタレェ!!」

叫ぶ兵士の足に鋼糸を引っ掛けて転ばせてから首を踏み折り、突き刺した兵士ごと槍を遠くまで投げ込み爆破します。

「もうレーナさんが投げる物は毒か爆発物が仕込まれてるって考えた方が良さそうだね……」

「だね……」

ユウさんたちは会話をしながらも、いくつもの結界とユウさんのウザい魔術で防御しているので手助けは不要と判断し、投げた槍に仕込んでいた鋼糸を一気に展開――遠くの弓兵部隊に対して攻撃を仕掛ける。

「……遠くからでも操作できるのがいいですね」

鋭い鋼糸で以って弓兵たちの目やうなじ、脇下など防御が甘い所から貫き絶命させ、それが叶わなくとも痺れや毒にして無力化していきます。

「奴になにもさせるな！」

「クソっ！　捉えきれん！」

横から突っ込んできた方の攻撃を避けつつ頭頂部から短刀を突き刺し地面に叩きつけるようにして、スキルかなにかで地面から現れた方の攻撃を防ぐ。

そのまま頭に突き刺した短刀を支点に一回転するようにして背後の方の首を脚で絡め取ってから絞め殺し、遠くから飛来する魔術に向け投げ飛ばすことで迎撃します。

落ちる直前に兵士の頭に踵落《かかと》としをしつつ着地して短刀を引き抜き、頭から倒れ込んだ方の喉を鋼糸で貫いて殺し、指揮官らしき人物に毒針を投擲して指揮系統をできるだけ破壊していきます。

「ば、化け物……」

「ヒィっ！」

「う、狼狽《うろた》えるな！」

「敵前逃亡は重罰だぞ！」

指揮官や冷静な方から殺していった結果として段々と指揮の崩壊が起きてきましたね？

「……ふふ、みっともなく逃げても構いませんよ？」

「う、うわぁぁあぁあ!!」

「あ、お前！」

遂に耐えきれず一人が逃げ出し、それに続いて逃亡する者が続出する……こうなればなにが起きてるかわからない後続や後衛には『決定的ななにか』が起こり敗走しているのだと勘違いする者も出てくるでしょう。

あとは簡単です、背後から襲うだけですからね。それに――

「――《血界《けっかい》》」

私を中心として張り巡らせた物や、投擲した兵士の死体などに仕込んでいた鋼糸の『黒魔蚕の糸』が全て同時に私の元へと還《かえ》る。

それによって軍のほぼ全体を巻き込み、兵士たちはバラバラに寸断され、引っ張られて地面に打ち付けられ、上空に飛ばされ猛スピードでぶつかり合い、武器が飛び交うめちゃくちゃな有様《ありさま》に。

辺りには血霧まで漂い視界が赤一色へと変わる……これは凄いですね。

「は、はひ……！」

「あ、あぁ……！」

「アッ……」

ただ敵を捕縛したりする罠として使う程度を想定していたのですが、ここまで規模を大きくし、対象とする敵の数も多いとその副次効果として大打撃が与えられるような影響が出るのですね。

まぁその分、ＳＴＲ等のパラメータが結構必要になりますが井上さんのアシストや強化付与、切断強化も二人がかけてくれましたからギリギリ大丈夫でしたね。

「お、おぅふ……」

「マリアは見ないで……まだ慣れる必要はない」

考察しながら戦意喪失した兵士たちを処理していきますが、こちらを呆然と見るだけでつまらないですね？　さっきまでは威勢が良かったではありませんか。

これでは退屈なのでさっさと終わらせてしまいましょうか……遠くの方には適当に投擲して、近くの方は頭や股間を踏み割り、頭や首を短刀で貫いていきましょう。

「あとは……まぁ、少しは逃がさないと面白くありませんからね。そのまま王都などに行って報告してくれるとありがたいのですが……どうでしょう？」

まぁ、別に思い通りにいかなくても問題はありませんけどね。

《新しく称号：人類の敵を獲得しました》《新しく称号：一騎当千《いっきとうせん》を獲得しました》《新しく称号：指名手配・エルマーニュ王国全土を獲得しました》
《ワールドアナウンス：プレイヤー名レーナがエルマーニュ王国全土に於《お》いて指名手配されました。神殿と王国全土に指名手配されたため、あらゆる街や神殿に手配書が配られ、冒険者ギルドでも常設依頼として張り出されます。これによりプレイヤーの方でも対象を捕らえるかＰＫすれば神殿や王国から報酬がもらえます》

……………………各種通知に紛《まぎ》れて変なアナウンスが混ざったのですが？？？？

▼▼▼▼▼▼▼

「それで兄上はのこのこと逃げ帰ったわけですか」

「……あぁ、そうだ。奴は危険すぎる」

案の定、野心家の弟は私の失敗を殊更《ことさら》に責め立ててくる。

既に立太子《りったいし》も終えているというのに、妾腹《めかけばら》の兄が気に入らないのだろう。

「それはあまりにも無責任ではないですかな？　指揮官が先に逃げ帰るなど……しかも女一人に恐れをなして！」

「……」

そしてやはり血統が全てという貴族も多い……たった今小馬鹿にしてきたヴェルディィ侯爵も弟の派閥の筆頭だ。

「混沌の眷属の中でもあの女は濃密な気配を発していた。ただの小娘と侮るべきではない」

「はっ！　それこそ兄上が自身の失敗をうやむやにしたいだけでは？」

「そのようなことは決してない！　相手は辺境勇士アレクセイを討ち取り、軍隊すら相手にできる化け物だ！」

「くくっ、兄上はよほど女性が怖いと見える」

ええい、今は足の引っ張り合いなどしている場合ではないというのに！　弟の派閥貴族はみな此《こ》度《たび》の敗走を批判材料として攻撃し続けるつもりだろう、まともに取り合おうとすらしない。

「そもそも兄上はその女を馬車に招いたのでしょう？」

「……あぁ、そうだが？」

「ぶふっ、好みの女を連れ込んだら思った以上に巧《たく》みで腰を抜かしたんでしょう？」

『『ハハハッ!』』

「下品な……」

なんという侮辱か! なにも知らないから笑えるのだ! 目の前に対峙した時のあの絶望感! 濃密な混沌の気配! あれが王都に迫っているというのに!

「ジュラル殿下! たとえ第二王子といえども王太子殿下の侮辱《ぶじょく》は看過できませんぞ!」

「ふん、そのうちジュラル殿下は第二王子ではなくなる」

「……ヴェルディ侯爵、なにが言いたい?」

「いやなに、小娘一人に怯える男とそれを咎める勇猛な男、どちらがより人を導くに相応《ふさわ》しいか……少し気になっただけですよ」

「貴様……」

とうとう耐え切れず私の側近の一人であるガヴァン侯爵が怒鳴るがそれをさらに煽られる……これまでの挑発にもはや私の派閥の者は怒り心頭《しんとう》に発しており、限界だ。

「——双方やめよ」

「「……」」

父王のその一言で私を含めた全員が頭を下げる。

「双方の言い分はよくわかる。しかしながら王族に敵意を向けたという時点で反逆罪である……その者が王都に向かっているというのは由々《ゆゆ》しき事態であろう」

「しかし父上!」

「……ジュラルよ、私がいつ発言を許可した?」

「っ！　申し訳ございません……」

　野心家の弟にも困ったものだ……焦りすぎてボロを出し、その失敗を挽回するためにまた無茶をする。そこまでして玉座が欲しいか。

「グィーランの報告が嘘か本当かにかかわらず対策は必要であろう、であるからして――」

「――失礼します！　緊急の報告です！」

　陛下の結論が出される寸前に伝令が騒がしく入室してくる。それに幾人かの貴族が眉を顰《ひそ》めるが陛下から発言が許可されていないために黙って事の成り行きを見守るようだ。

「よい、発言を許可する」

「ハッ！　たった今辺境派遣軍の生き残りが帰還いたしました！」

「……生き残り？」

「そ、それが……」

　……嫌な予感がする。まさかとは思うが、さすがにあの人数をどうこうできるとは考えにくい……しかしながら対峙したあの恐怖を思うと否定もできない。

「よい、述べよ」

「ハッ！　王太子殿下が撤退なされた後に交戦、しかしながら一刻ばかりで指揮系統は破壊され、軍のおよそ八割が死亡、または重傷者多数の壊滅状態とのこと！」

「馬鹿な!?」

「どういうことであるか!?」

　……これには絶句してしまう。あんまりにもあんまりな内容に思わず議会が騒がしくなる。

「……それは真実か？」

「……生き残りの兵士はひどく怯えて錯乱しており、私では判断がつきません」

「そうであるか」

それきり陛下は目を瞑《つむ》り考え込んでしまう。私が率いていたのは連隊規模の軍隊で三〇〇〇人は居たはず……それが壊滅など冗談でも笑えない。

「いよいよ兄上の失敗が浮き彫りになりましたな！　そのような危険人物をみすみす見逃し、王都に招くなど！」

「お言葉ですがジュラル殿下、グィーラン殿下は命を狙われたのですぞ！　それこそ玉座を狙うそちらの差し金ではないのですか！」

「言葉が過ぎるぞガヴァン侯爵!!」

クソっ！　まとまらない。議会は互いが足を引っ張り合い、紛糾するばかりでまともな案は出てこない。……これでは奴の思うつぼではないのか?!

「――結論を言い渡す」

「『……』」

目を開けた陛下の言葉によって荒れる議会は一先ず静かになる。

「事実確認を徹底し、王都に検問所を設けよ。万が一の場合に備えて王族はできる限り外出を控え、常に護衛を連れ歩くように……では解散を宣言する」

陛下の決定に黙って従い、その場は解散となる。

▼▼▼▼▼▼▼

「……殿下、どう見ますか」

「正直なところわからない。確かに弟は秩序に属してるとは言えないが、混沌にも属してはいなかったはずだ」

「確かにそうかもしれませぬが、第二王子は野心がありすぎる。それに王子自身ではなく派閥の誰かの独断という線もあります」

あの女が私の命を狙ってきたのは事実だ。そこは覆せない……しかしながらその理由がわからない。いくら混沌の眷属でも楽しそうというだけで一国の王太子を狙いはしないだろう……それはあまりにリスクが高すぎる。

「……私の固有スキルが混沌陣営にとって目障《めざわ》りな事態でもあったか？」

「隠された物を見つける能力でしたか……十分にありえますな」

とりあえず、今私が死ねばこの国は混乱するのは間違いない。

「私は死ぬわけにはいかない」

「第二王子と第一王女で内乱になりかねませんからな」

私が死んでしまえばこの二人が争うことになってしまう。

弟は側室、妹は正妃《せいひ》の子だ。血統を重んじるならば妹に軍配が上がるが……なによりもまだ幼く、実績もないが、かといって傀儡《かいらい》にするには少し利口過ぎる。

そのため国内の貴族たちが完全に二分されるだろう。

「そうならないためにも対策は必須でしょう」

「わかっている。父上にも許可を取って指名手配した」

これで渡り人たちにも協力が仰げるが……どうなるだろうか。

▼▼▼▼▼

「……どこに行かれるのですかフェーラ殿下」

「っ!?」

城下町へと出るべくこっそりと廊下を進んでいたら背後からいきなり声をかけられ驚く。

「あ、アナベラ……これはね？　その、違うのよ？」

「……陛下から外出を控えるよう通達があったはずですが？」

ぐぬぬ、けど、お兄様たちはどこかに出かけてるじゃない。私だけダメなんてズルいわ！

「お願いよ！　少しだけなの！　ほんの少し楽しんだらすぐに帰るから！」

「そうおっしゃられても、侍女《じじょ》の私には判断ができませんので……」

「本当に頭が固いわね……」

「さぁ戻りますよ！」

「ごめんなさいごめんなさい!!」

もう、すぐに怒るんだから！　ちょっとした冗談じゃない！

「はぁ、仕方ないですね……私の監視と定期的に陛下に連絡するという条件付きですよ」

「やった！　ありがとうアナベラ！」

さぁ、そうと決まったら早速行くわよ！


「うわぁ……人がいっぱいね！」

久しぶりの城下町はやはり人が多かった。いつ見てもお父様の統治が素晴らしいものだと実感できて嬉しくなってしまう。

「さぁアナベラ、あっちに行きましょ！」

「殿下、少し落ち着いてください……」

「そ、そうね！」

いけないわ、ついはしゃいでしまった……これでは淑女《しゅくじょ》からほど遠いし、お父様から怒られてしまうわ。

「おっほん！　ではアナベラ、あちらに行きますよ」

「ふふ、かしこまりました」

なんだか微笑《ほほえ》ましい目で見られてる気がするけれど……今は気分がいいからいいわ！　許してあげましょう！

「おじさん、これくださいな！」

「あいよ嬢ちゃん！　ちょっと待ってな！」

いつもなら侍女長から怒られるような串焼きを屋台で購入する……ふふ、なんだか悪いことしてるみたいでドキドキするわ！

「殿下……あまり食べ過ぎないようにしてくださいね」

「わかってるわよ」

夕食が入らなくなっちゃったらそれこそ侍女長に叱られてしまうわ、そんなヘマを私がするわけないじゃない。

「ほらできたよ」

「ありがとう！　……んん?!　この安っぽい味がたまらないわ！」

「ハハッ、そうかい！」

「おじさん、ありがとう！　機会があったらまた来るわ！」

「おう、待ってるぜ！」

やっぱりこういう安っぽいのがたまに食べたくなるわね。お城のお料理も悪くないけど毎日は少しつまらないわ。

「むむ、あっちから甘い匂いがするわ！」

「殿下……」

「わかってるわよ、ちゃんと夕食は食べられるわ！」

もう、アナベラは心配性ね！　本当に仕方ないんだから！

「ねぇ、それはなんていうお菓子なのかしら！」

「これかい？　これはアイスクリームだよ」

「じゃあそれをくださいな！」

「はい、どうぞ」

「おばさんありがとう！」

……すごく白いし冷たいわね？　お城では見たことないけどどういう味がするのかしら？

「…………っ!?　――甘いわ！　冷たいわ！　すぐに溶けたわ！」

これは革命よ！　王族の私が革命とか縁起悪いけどそう言うしかないわ！

「はい！　アナベラも食べてみて？」

「……殿下、はしたないですよ」

「アナベラだからいいのよ！　ほら早く！」

「……はむ」

「どうかしら?!」

「……冷たくて甘いです」

「そうでしょ！」

いつも無表情なアナベラが頬を緩めるくらいだから相当気に入ったのね！　……帰ったら料理長に定期的に出すように言わなくちゃ！

「殿下、それを食べ終わりましたらそろそろ帰りますよ」

「えぇ！　もう終わりなの？」

本当になにがあったのかしら？　いつもよりお城もピリピリしてるし、お兄様二人はさらに仲が悪くなってるし……。

「……アナベラ、なにかあったのね？」

「……」

「いいわ、言わなくても……まだ10歳の私には教える必要はないとでも……そうね、二番目のお兄様にでも命令されたのかしら？」

「……申し訳ございません」

「いいわ、いつものことよ」

本当にあのお兄様には困ったものだわ！　アナベラは私の侍女なのに！　確かに継承権はそちらの方が上だからアナベラは逆らえないのはわかるけど気分が悪いわ！

「アナベラは私の侍女だから許してあげる！」

「……ふふ、そうですね、ありがとうございます」

「さ、食べながら帰るわよ！」

アナベラと二人で微笑み合いながら帰る。

それにしてもこのアイスクリームは美味《おい》しいわね、いくらでも食べられそ――

「――おっと」

「きゃっ?!」

「殿下?!」

痛い、曲がり角で人とぶつかってしまったわ……。

「あぁ！　私のアイスクリーム！」

「……あぁ、すみません？」

アイスクリームが知らない人の足に……誰よ！　私のアイスクリームを食べた足の持ち主は！

「――」

犯人を確認しようと見上げて――視界に入る綺麗な顔に思わず黙ってしまう。

「レーナさんは大丈夫ですか？」

「私は大丈夫ですよ……そちらのお嬢さん、アイスクリームを台無しにしてしまい申し訳ございません」

「あ、あぁ……い、いいのよ！」

「レーナさん、このハンカチ使ってください」

よく見ると連れが居て、二人ともすごく徳が高そうな人たちだ。

秩序陣営の凄い人たちなのかしら？　綺麗な女性は聖女みたいな可愛らしい人にハンカチで汚れた箇所を拭かれてる。

「……良かったらアイスクリームを弁償しますので王都を案内してくれませんか？」

「！　いいわよ！」

「でん……お嬢様！」

「いいじゃない！　連れの二人からすごく清浄な気配がするし悪い人たちではないわ……それにもう少し遊びたいし、ダメ？」

「……少しだけですよ」

「ありがとう！　アナベラ大好きよ！」

ふふ、アナベラはいつもなんだかんだ優しいから大好きだわ！

「……やばい、年の差と身分差が百合に合わさり最強に見える」

なにやら男の子が意味のわからないことを言っているけど、今はこの人たちを案内しなきゃね！

「まずはアイスクリーム屋さんね、こっちよ！」

ついでにいろんなことを下々の民から聞くのも王族の務めよ。案内する代わりに色々聞いちゃいましょう！

▼▼▼▼▼▼

「ほら、こっちよ！」

曲がり角でぶつかった時は反射的に殺しそうになってしまいましたが、寸前で踏みとどまれてよかったです。

＝＝＝＝＝＝＝＝＝＝＝＝＝＝＝＝＝＝＝＝＝＝＝

重要ＮＰＣ

名前：フェーラ・ディン・エルマーニュ　Ｌｖ．15

カルマ値：55《中立・善》

クラス：プリンセス

状態：通常

備考

エルマーニュ王国・第一王女

エルマーニュ王国・継承権第三位

＝＝＝＝＝＝＝＝＝＝＝＝＝＝＝＝＝＝＝＝＝＝＝＝＝＝

なかなかに利用できる用途が多そうな女の子ですから、早々に消費するのは勿体ないです。どうせなら王太子をただ殺すよりも彼女を利用してもっと面白くしちゃいましょう。

「すみません、アイスクリームください」

「はいよ……あれ？　お嬢ちゃんまた来たのかい？」

「私がぶつかって台無しにしちゃったのでその弁償ですよ」

「あらそうかい、綺麗なお姉ちゃんも大変ね？」

子ども好きそうなおばあさんからアイスクリームを購入して王女に渡しましょう。

「はい、どうぞ」

「ありがとう、じゃあ案内するわね」

「ええ、よろしくお願いします」

それから王女に案内されるがまま王都の地形を頭に入れていきます。どうでもいいところにも案内されていますが、巡回する衛兵の装備や何人組体制なのかを把握していきましょう。

「ここは王都自慢の噴水広場よ！　あの銅像が初代女王のマーシィ様よ！」

「……へぇ」

「すごい綺麗ですね、レーナさん」

「わぁ……」

ユウさんとマリアさんは感動しているようなので、まぁ程々に凄いものなんでしょう。

……私には理解できませんが、ここは合わせておくべきですかね。

「周りの活気《かっき》も素晴らしいですね」

とりあえず当たり障りのないことを言っておけば大丈夫なのでしょうか？　普通の方と観光地に行った場合の対処法など知らないから困りますね。

「ふふん、そうでしょ？　私のお父様はすごいのよ！　みんな笑顔なんだから！」

「……そのようですね」

……また、父親ですか。

「自慢の家族なの！」

「そうですか、素晴らしいお父様なのですね？」

「……っ！　お嬢様！」

「？　アナベラ、どうしたの？」

「……いえ、なんでもございません」

おっと、いけませんね。感情が漏れたのかメイドさんを警戒させてしまいました……反省です。

「……レーナさん？　どうかしましたか？」

「大丈夫ですか？」

「なにがですか？　それよりも次へ行きましょう」

二人を誤魔化して次へと案内してもらいます。……さて、どのタイミングがいいですかね。

「おや？　あそこはなにがあるのですか？」

案内してもらっている最中に少しばかり不自然な場所がありました。

一見なにもないようですが、なにかありそうですね？

「っ?! な、なにもないわよ！ あそこにはなにも！ ほら行きましょう！」

「え、えぇ」

ふむ、『看破《かんぱ》』を使ってみますか……ほほう？ どうやらあそこは王族専用の隠し通路だったようで、王城に繋がっているようですね。なるほど、使えますね？

「……なにをしておいでですか？」

「特になにもしてませんよ？」

「……そうですか」

メイドさんの警戒が凄いですね……尋ねてしまったことで先ほどの失態と合わせて完全に不審者扱いです。邪魔で仕方ありませんね。

▼▼▼▼▼▼

「……」

この女性は危険です。広場にて殿下が陛下の話をしていた時に感じたあれは言葉にはできませんが……『悪意察知』スキルがこれまでにないほど強く反応し、彼女の濃密な負の感情が尋常ではないことを私に知らせてくださいました。

「ここが私の服をよく作ってくれる店よ」

「……へぇ」

今もそうです。自分から案内を頼んでおいてまったく興味がなさそうです。

というよりも、殿下の案内を利用して色々と探っているようですね。王族の隠し通路を発見されたことからも帝国の間者の可能性が濃厚でしょうか？

「……っ！」

一瞬だけこちらを見た無機質な瞳に思わず息を呑んでしまいます……人はあそこまで他人に対して温度のない視線を寄越すことができるのでしょうか？

「レーナさんどうしたんだろうね？」

「さぁ？　なんか、また不機嫌になったっぽいのはわかる」

「あぁ、そうなんだ？」

厄介なのが連れのお二人がこの女性の本性に気づいていないところですね。

お二人ともとても徳が高い、清浄な気配を発しておられますから、もしも私がいきなりこの女性を排除しようと動けば善意から止めに入るでしょう。

なんとか引き離して殿下をお守りせねばなりません。

「……」

しかしながらどうやって引き離せばよいものか……なるべく不審に思われずに排除しなければなりませんが、殿下はこの女性の話す『ニホン』という国の話に興味津々ですから困ったものです。

そんな国聞いたこともありませんのに。

「……そうでした、私は彼女に用があったんですよ」

「……私、ですか？」

「ええ、そうです」

いかに殿下から引き離し、尾行されぬようにして王城に帰還すればよいか考えていたところに警戒対象である彼女自身から私へのお誘いです。

……なにを企んでいるのでしょう？

「――来ないと王女の命はありませんよ」

……ここに来て小声でされる脅迫に息を呑む。この女性に出会った時から決断していればと、そう悔やんで仕方がありません。

最近は陛下とも話せない日が続き、部屋にこもってばかりだったフェーラ殿下に息抜きを……と考えて少し甘い対応をしてしまったのが間違いだったのです。

「……殿下、少し、ほんの少しだけ……お待ちください」

「……アナベラ？」

「大丈夫です、すぐに戻ります」

さすがになにかを察したらしい殿下に安心するように微笑みかけ、なにも心配いらないと伝えます。

「あぁ、ユウさんとマリアさんはこの女の子を守ってあげてくださいね？　すぐに戻りますから」

「それは構いませんが……」

「……」

少年は困惑し、少女はなにかを考え込んでしまってますね……ですがこの二人とも引き離せるのなら僥倖《ぎょうこう》です。

「では行きましょうか？」

「……はい」

そのまま人間味の薄ぃ彼女と共に路地裏へと消えていきます。

……殿下、大好きでした。立派に成長なされてくださいね。

▼▼▼▼▼▼▼

得体の知れない女性に連れられて殿下たちから離れた路地裏を進む。

無防備に前を歩く彼女に対して背後から奇襲を掛けようとしますが、その度にこちらに温度のない視線を向けてくるので実行に移せません。

「……どこまで行く気ですか？」

「んー、どこまでがいいですかね？」

彼女の強烈な負の感情に当てられて不用意に警戒心を表に出すというミスを犯してしまいましたが、おそらくは最初からこちらの正体がわかって近づいてきたのでしょう。

目的がわかりませんが殿下をお護りせねばなりません。

「……やはりジュラル殿下の差し金ですか？」

「じゅ……？」

……第二王子の仕業ではないようですね、まぁいいです。このまま時間稼ぎに徹しますか。

殿下ならばなにかを察してすぐに逃げてくださるでしょう。

「では、可能性は低いですがグィーラン殿下ですか？」

「？　……⁇」

　この女性の連れ二人が不確定要素ですが、漂わせる気配は清浄そのもの……彼女自身が二人から離れたことからむしろ殿下を助けてくれるのではないかと思うのですが……それは高望みが過ぎるというものですか。

　こうなるよう予《あらかじ》め打ち合わせしておいたという可能性も残ってはいますが、秩序に属する者が王族とはいえ幼子《おさなご》を狙うなど考えられません。

「ではやはり……帝国の間者ですか」

「帝国？　……あぁ」

　やはりそうですか……バーレンス辺境領を落としたら後はもう簡単ですからね、直接的な手に出ましたか。フェーラ殿下を攫《さら》えば陛下のみならず、正妃様の実家である公爵家の動きも鈍らせることができるでしょう。

「少なくともまだ数年は大人しくしていると思っていたんですがね？」

「……帝国は大人しいと思いますよ？」

「……そうですか」

　白々しい方ですね……いや、本当に大人しいと考えている？　無表情なため読みづらいですね。

　もし仮に、大人しいと思っているのならこれ以上の……殿下を攫う以上のことを企んでいると？

　そうであるならばただのメイドである私には荷が重い。

「一応聞いておきます……目的はなんですか？」

「面白そうだからですかね？」

「真面目に答える気はないようですね」

まぁ、あながち間違いではないでしょう……帝国からしたらさぞ面白いことでしょうからね。

「さて、ここら辺でいいですかね？」

「……」

そう言って彼女は路地裏の奥まで行ったところで止まる……とうとうこの時がきましたか。さて、私は一体どうなってしまうのでしょうね？

「一応聞いておきますけど、協力はしなくていいので邪魔はしないでくれませんか？」

「殿下を裏切るなどありえませんね」

「……そうですか」

そこで会話は終わり、なにやら遠いところを見ている彼女の隙を突いて突撃します。

「せいっ！」

「……」

隠し持っていたナイフを突き込みますが軽く避けられてしまいましたので、そこから急制動をかけて振りかぶります。

「……」

「はぁっ……がっ?!」

振り向きざまに顔面に一発もらってしまいましたが、まだまだこれからです。

「やぁっ！」

「……」

「せい！」

「……」

　ナイフを腰だめに構えて突撃すれば手首を掴まれ引き寄せられながら首を殴られ、下から首を狙った突きを放てば腹を蹴られる……膝を狙った振り下ろしも効果はなく、顔を掴まれ壁に打ち付けられるだけの結果に終わります。

「ぐっ……げほっ！」

「力の差は理解できましたか？」

　悔しいですが痛いほどに理解いたしました……彼女は武器すら抜いてはいませんでしたし、常に無表情に淡々と、こちらが軽くあしらわれてるとわかるように手加減して対処していましたからね。

「えぇ、それはもう……」

「でしたらもうこれ以上は――」

「――メイドを嘗《な》めないでいただきたい」

　ヨロヨロと不格好に立ち上がり、彼女から少し距離をとりながら強い意志を込めて睨み付ける。

「まだなにかするつもりで？」

「ふふ、どうでしょうね」

　遊ばれているのはわかっています……そうでなくともなぜか本気で殺しにきていない時点で、なにかがあるのだろうとは思います。

　……ですが、それでも……それを利用してでも殿下のために少しでも時間を稼ぎましょう。

『身体強化・メイドの嗜《たしな》み』」

「おや、メイドも使えるんですね……」

なにか変なところに感心している彼女を放っておいて、強化に専念します。

『精神高揚《こうよう》・メイドの矜持《きょうじ》』」

これでさらに少しでも、意地でも食らいついて時間稼ぎを！

「……それで？　どうしますか？」

「知れたこと！　はぁあっ!!」

たかがこの程度で勝てるとは思いませんし、一秒しか稼げないかもしれない。

それでも……ここまで切り札を切ったのです、多少なりとも――

「――百ならまだしも、たかが十を何倍かにしたところで意味なんてないですよ」

……いつの間に頭を掴まれたのか、いつの間に地面に叩き付けられたのか、いつの間にナイフを取り上げられていたのか、視認すらできないまま空を見上げているのはなぜなのか。

「がはっ！　……ごほっ！」

「……満足しましたか？」

……情けない、酷く……殿下のメイドとして情けない……殿下が、護るべきお人が狙われているとわかっているのに、ただ無様に地面に転がされ、空を見上げているのは情けない、ですが……ふふ、これは私の勝ちです！

▼▼▼▼▼▼▼

「ふふ……」

笑いを零しながらメイドさんが起き上がりますが……、

「……なにが可笑《おか》しいのですか？」

「私の殿下は素晴らしい御方だということです」

「……」

ちょっとなにを言いたいのかわかりませんね？　まぁ、いいですけど……。

「『絶対忠義・ロイヤルガード』!!」

「……本当に面白くありませんね」

なぜあんなに小さい子どもに、そこまで……そこまでの愛情や信頼が注げるのでしょう？　なぜ彼女は無理だとわかって突っ込んでくるのでしょう？　なぜあの王女は父親を慕うのでしょう？

「怪訝《けげん》な顔をしておられますねっ！」

「……」

突っ込んでくる彼女の腕を掴んで捻り折り、蹴りを入れてから完全に利き腕を破壊する。

「ぐうぅっ……」

左手で押さえて蹲《うずくま》る彼女の顎を蹴り上げ、首に回し蹴りを食らわせて壁に吹き飛ばす。

「がっ?!」

乱れた髪を掴んで引き寄せ、横腹に膝蹴りを入れ、顔面を殴り、折った右腕に手刀《しゅとう》を入れる。

「あ、ぁぁあぁぁぁぁああ！！！！」

叫びを上げる口に指を突っ込み、下顎を引っ張るようにして地面に叩き付ける。

「あぐっ、ぶぁあっ?!」

そのまま彼女の頭に足を載せて力を入れていく。

「ぁぁあああああああああああああああああああああ!!!!!!!!」

メシメシと音を立て、石畳に亀裂を入れながら彼女の頭を沈めていく。

「どうですか？　諦めましたか？」

「うっ、ひぐぅ……」

喋れないようなので少し力を緩めましょう。

「はぁはぁ……誰が諦めるものですか」

「それは残念ですね、まぁ貴女《あなた》を殺した後にでも王女を追いますけど」

「ふふ……」

王女が居た方角を向きながらそう言うとまた彼女が笑う……なにが可笑しいのでしょうね？　気になったので頭を蹴り飛ばして起き上がらせます。

「ぶっ?!」

「なにか可笑しい要素ありましたっけ？」

「ぐがっ……げほっ、えぇ、ありますとも」

私が首を傾げながら聞くと彼女は不敵に微笑みながら立ち上がる。……まだ立てるのですね。

「殿下は賢い方ですから、私とあなたの雰囲気からなにか察してくれたでしょう」

「……それがなにか？」

だからなんだと……まさか、そういうことですか？

「殿下ならあなたの連れ二人を言いくるめて逃げられます。今更あなたが私を殺して追いかけたところで、無数にある王族専用の隠し通路で逃げ切っているはずです」

「つまり、時間稼ぎに成功したから笑っていたと？」

「えぇ、その通りです……ごほっ！」

……なんだ、やっぱりそうでしたか。どちらも目的は一緒のようです。

「そんなあなたに悪い知らせと良い知らせがあります、どちらから聞きたいですか？」

「……良い知らせからお願いします」

ふふ、怪訝な顔をしていますね？　警戒していますがこのおふざけに付き合った方がさらに時間稼ぎできますから、渋々といったところでしょうか？

「あなたの大好きな王女殿下は死にませんし、そもそも殺すつもりはありませんでした」

「今更なにを……」

「さて、では悪い知らせです」

「……」

まぁ、私も逃げるだろうなとは思ってましたよ？　王族の隠し通路があることが発覚しましたし、なによりも話していて年齢の割に賢そうでしたから。

あの歳で民主主義を理解できるのは凄いのではないのでしょうか？　さらに言えばあなたは王女のことになると感情が表に出るようですから、理知的な王女が気づかないはずがありません。

「……これ、なんだと思います？」

「……糸、ですか？」

黙って話を聞く彼女に指に巻き付けた鋼糸を見せる。

「正解です。ではこれはどこに繋がっていると思いますか？」

「どこって――まさか⁈」

気づいたようですね。なにも対策せずに目標から離れるわけがないではありませんか。

ユウさんは微妙に頼りないですし、マリアさんはまだ信用しきれません……そしてなによりもこの方が色々と便利です。

「そうです、これは王女様にくっ付いていています」

「あ、あぁ……」

段々と理解してきたようですね。

「王女様は逃げているつもりでその実、私を王城まで案内してくれているんですよ……時間稼ぎお疲れ様です」

「そんな……」

私も早く逃げないかなぁって心配していたんですよ？　まぁ、途中から糸が動いたのがわかったので安心しましたが……。

「……残念でしたね、王女様は自身の行動によって、慕っていた父親を失うのです」

「あ、あぁ……あぁぁぁあぁぁぁぁああ！！！」

泣き叫びながら突っ込んでくる彼女の腹を思いっ切り殴りつけ吹き飛ばす。

「がはっ！」

「さて、どうします？　まだ時間稼ぎしますか？」

「はぁはぁ……《宣誓《せんせい》・私は絶対の――がっ?!」

「させませんよ」

時間稼ぎが無駄になったと見てイチかバチかの賭けに出ようとしましたね？　そんなことはさせませんよ。

「《宣誓・私――ぐふっ?!」

「……諦めが悪いですよ」

もうちょっとですかね？　王女様はまだ王城に着きませんか……できるならば王城に着いてそのまま一直線に王様の所まで行ってくれないでしょうか。

「《私は絶対の忠義を――ぶぅっ?!!」

「あと……どれくらいですかね？」

隠し通路だけあって入り組んでいるようですから、直線距離だと離れたりしている所もありますね……同じ所を何回か回ってもいるようです。

「《――捧げる者》!!」

「……おや？」

宣誓スキルは途中で邪魔されても詠唱を続けられるのですか、新しい発見ですね。

「《宣誓・私は無償の――あっ?!」

いい加減鬱陶《うっとう》しいので彼女の足首に鋼糸を括《くく》りつけて壁まで引っ張ってぶつけます。

「ひぐぅっ！」

もう大分ボロボロじゃないですか、まだ諦めないんですか？

「うっ、ぐすっ……《宣誓・私は無償の――がはっ⁉」

「……」


――なぜ、こうも彼女は母親でもない方に愛されているのでしょう？

――なぜ彼女は父親を慕っているのでしょう？

――なぜ目の前のメイドさんが……母様に見えるのでしょう？


……………なぜなんでしょう？　なんだかとっても――

「げほっ、がはっ……」

――イライラします。

「……まだ、見捨てないんですか？」

もはやボロボロで起き上がることすら難しい彼女に問いかける。

「何度も……同じことを、言わせ……ないで」

「……そうですか」

なにが……王女のなにがそんなに、みんなに愛され認められるのでしょう？　母親でもないのにここまでの味方ができるのでしょう？

「……げほっ、《宣誓・私は無償の愛情を――ぐぼおっ⁉」

「……往生際《おうじょうぎわ》が悪いですよ、そろそろ死ぬんじゃありませんか？」

彼女の足首に巻き付けた鋼糸を操作し、片足だけを引っ張りぶら下げる。……メイド服のスカートがめくれてしまっていますが、ここにユウさんは居ませんし大丈夫でしょう。

「げほっ、ごほっ……おや、心配……して、くれるんですか？　優し、いんですぶぇっ?!」

「聞きたいのは降参ですよ？」

……この人は母様ではありませんし、この方の愛情は私ではなく王女に向いています。

断じて母様ではありません、あってはなりません。

「うぅ、……《私は無償の愛情を注《そそ》ぐ――」

「……いい加減にしつこいです」

「――がぁっ?!」

無防備に晒された彼女のお腹《なか》に正拳突きを食らわせて、そのまま指を立てて抉り込む。

「ぁあぁああぁあぁぁあ！！！！」

「このままお腹を突き破りますよ？」

……本当にイライラさせてくれる方ですね？　まだ諦めていないようです。

「ぐぅっ!!　《宣誓・私、は……無償の、愛情を……注ぐ者》！！！！」

「……本当に最後までしましたか」

＝＝＝＝＝＝＝＝＝＝＝＝＝＝＝＝＝＝＝

名前：アナベラ・ヴェルディ　Lv．45《＋30》

状態：

献身《特定の相手に尽くす毎にHP継続回復：最大2％／5s》
メイドの嗜み《INT上昇：特大・AGI上昇：特大》
メイドの矜持《STR上昇：極大・DEX上昇：特大》
ロイヤルガード《VIT上昇：特大・最大HP上昇：大》
宣誓：絶対忠愛《INT上昇：極大・DEX上昇：極大・常時HP減少：3％／1s》
＝＝＝＝＝＝＝＝＝＝＝＝＝＝＝＝＝＝

「せいっ！」

スカートの下に下着と同じ黒色でわかりにくく隠していた短剣で放たれた突きを裏拳で弾き、間を置かずに顔面を蹴り上げる。

「ぶっ?!」

「……」

それでも諦めず自身の足首に巻き付いている糸を切り離し、魔術を行使してくる。

「がはっ、げほっ……《白光赫撃《びゃっこうかくげき》》!!」

「……」

おそらく『光輝《こうき》魔術』の終盤で習得できるものを《暗黒粘壁《あんこくねんへき》》と《光輝硬壁《こうへき》》で防ぎますが……

こんな所でこんな大規模な魔術を放っていいのでしょうか……。

「……」

それとも騒ぎを起こして応援を呼ぶためとかですかね。

まだ続く……というか連発してますね、これは。

さらに言えばこの魔術の光を目くらましにしながら、壁にぶつかって跳ねたナイフがこちらに軌道を変えながら飛んできます。やはりただのメイドさん、というには器用が過ぎますね。

「……」

魔術を防ぎながら飛んでくるナイフを裏拳や短刀、鋼糸で弾き、撃ち落とし、防ぎ、絡め取って、時に躱していきます。

「そろそろＨＰが限界なのでは――」

「ふっ！」

そろそろかなというところで魔術の連射が止み、壁を解いたところで、魔術の残光を隠れ蓑に正面から突撃してきましたね。

依然としてナイフが飛んできていたので不意を突けると思ったのでしょうか？

「……これも、ダメですか」

「万策尽きましたか？」

張り巡らせた鋼糸を一息に展開して彼女を捕らえ、こちらに短剣を突き出した体勢のまま全身を糸で縛り付け動けなくします。

「そろそろ死にますね」

「そうですね……」

「最後に言い残すことは？」

未だにこちらに短剣を突き刺そうと足掻《あが》く彼女の顔に自身の顔を寄せる……遺言《ゆいごん》くらいは聞いて

あげましょう。

「……では、殿下に……元気に、健《すこ》やかっ、げほっ……に成長なされてください、と」

ありきたり、ではありますが……そうですか。

「そうですか、わかりま――」

「ふぐぅぅぅううぅぅぅう！！！」

「っ！」

この期《ご》に及んで首に噛み付いてくるとは、さすがにこれは予想外ですね。

「本当に！　往生際が！　悪いですよ！」

「ぐっ！　がぁぅ！　ふうぅ!!」

何度も、何度も何度も彼女の顔を殴りつける。

頭は割れて、目は潰れ、鼻血はもちろんのこと口すら切って……もはや血で真っ赤に染まり、それ以外の所も痣《あざ》と腫れでまともな部分は圧倒的に少ない。

「うっ！　がうっ?!　ぐっ、ふぐぅぅぅうううぅう！！！！」

「まだ足掻きますかっ！」

もはや美人だった面影《おもかげ》すらなくなった彼女をさらに殴りつけようと拳を振り上げ――

「――」

「……本当に最期まで足掻きましたね」

死にましたか……本当にビックリしましたね。

アレクセイさんやロノウェさんすらここまでみっともなく抵抗はしませんでした……アレクセイ

さんは最期に潔《いさぎよ》く敗けを認め、ロノウェさんも命が尽きる瞬間まで抗おうとはせず、最期には諦観《ていかん》と共に海に沈んだというのに。

「……急所だったからか、ＨＰが半分近く削られてますね」

本当に、真の意味で……最期まで一滴も余さずその命を王女様のために使い切りましたね……本当になぜ、私は――

「――彼女の首を落とさなかったのでしょう？」

本当に、なぜ……彼女は母様ではないというのに、首を落とした方が早かったというのに……宣誓スキルを使われたのなら、それ以上の時間稼ぎはできなかったというのに、私はなぜ……。

「んー、わかりませんね……」

……ただ、イライラは少し治《おさ》まったようです。

「……王女様を追いかけますか」

遺言も届けないといけませんからね。

▼▼▼▼▼▼

いつもの勝利後のアナウンスを聞き流しながらメイドさんの死体を燃やし尽くし、路地裏から表通りへと出ます。

「ただいま戻りましたよ」

「あ、レーナ……さん？」

「大丈夫ですか？」

「なにがですか？」

なぜ私はユウさんとマリアさんにいきなり心配されているのでしょう……そんなにイライラが顔に出ていたのでしょうか。

「……それよりも王女は無事に逃げたようですね？」

「「王女？」」

「あの、メイドさんと一緒に居たアイスクリームの小さい女の子ですよ」

「「王女?!」」

おや、気づいてなかったのですか……皆さんそんなに頻繁に『看破』とか使わないのですかね。必ずしも見破れるわけではありませんが、たまに偽装されている物もありますし、なにかあった時のために使った方がいいと思いますが。

「とりあえず糸を括りつけておいたので後を追います」

「えぇ……」

「あ、私もう慣れたかも……」

文字通り糸を手繰《たぐ》り寄せるだけですから、王女を追い掛け侵入するだけなら容易《たやす》いでしょう。

「二人も付いてきますか？」

よくわかりませんが、ユウさんもマリアさんも今日は私と一緒に『遊び』たくて同行している……のですよね？　お友達ができた経験も、ましてや誰かと一緒に『遊んだ』経験なんてほぼ皆無に等しいので合っているのかは不明ですが。

「……」

「マリア？」

と、そんなことを考えていたらマリアさんが少し考え込んでしまいました。

流石に王城への侵入は躊躇《ちゅうちょ》しますか……それに二人共、どうやら私とは違ってカルマ値がかなり秩序寄りのようですから、それが下がってしまうのも勿体ないですかね。

「レーナさん、私はあなたと友達になりたくて……一緒に遊びたくて今日はユウに無理を言って付いてきたんです」

付いてこないならそれはそれで別にいいかなと考え始めたところで彼女が口を開いた、かと思えばどうでもいいことを話し始める。

いや、でも一緒に『遊び』たいと言うのなら今からでも――

「――でも、今のレーナさんはあまり楽しそうに見えません」

遊ぶのならと、腰の短刀を引き抜こうとした手が思わず止まる。

なんの感慨もなく、無表情で腰の短刀へと伸ばされたレーナさんの手が止まるのを見て深呼吸を一つ……もしかしたらレーナさんに嫌われてしまうかな……いや、でも彼女なら大丈夫だよね……と、そんなことをグルグルと考えてしまう。

隣に立つユウは私の突然の言動に顔を青褪《ざ》めさせ、困惑しながらもなにも言わずに任せてくれている。……これも幼馴染みの信用ってやつなのかな。

「なにかあったのか、それはまだ友達にもなれていない私が聞くことではないのでしょう……でも」

今のレーナさんからは苛立ちと困惑、寂寥《せきりょう》と嫉妬……そんな感情が見て取れる。いつも見守っていたからなんとなくわかってしまう。

思えば今日のレーナさんは、いや一条さんは朝から何処《どこ》か不安定だったように見えて……ゲーム内で再会してからも遊ぶ、というよりは八つ当たりを行うようなそれだった。

その不機嫌で悲しそうな感情の理由はわからない。リアルでなにかあったのかもしれないけど、私にはそれを知る術《すべ》も権利も――まだ、ないから。

「……でも、でもどうせなら楽しく遊びたいじゃないですか」

恐る恐る彼女の両手を引き寄せ、自分の手で包み込みながらその綺麗な顔を見上げる。

「――私、今からレーナさんの敵になります」

「……ほう」

ごくりと生唾《なまつば》を呑み込み、自分より10センチ以上も背の高い彼女と目を合わせるために精いっぱいの背伸びをしながら乾いた唇で言葉を紡ぐ。

「レーナさんが今からしようとしていること……それを全力で邪魔します……そういう、お遊びです」

あぁ、ダメだな……手が震えて仕方がない。

推しの手を握っているというのに、それが推し自身に伝わってしまうじゃないか。

これだから限界オタクはダメなんだよなぁ。

「もし、もしもそれで……レーナさんを心の底から……現実の嫌なことを忘れさせるくらいに楽しませることができたら――」

もう一度深呼吸をして、またギュッと握った手に力を入れて……そして再度真っ直ぐに彼女の目を見つめ返す。

「――私と、私とも友達になってくれますか？」

「――私と、私とも友達になってくれますか？」

そう告げるマリアさんの緊張に揺れ動く瞳を見下ろしながら、思わず自身の口の端が持ち上がるのを自覚します。

「いいですよ、邪魔をしてくると言うのなら全力で叩き潰してあげます……が、もしも私を楽しませることができたらなんでも言うことを聞いてあげます」

「「?!」」

おや、少し違いましたかね……なにやらユウさんとマリアさんが目を見開き、驚いているような気がします。

「ユウさんとマリアさんの二人で一つずつですが、本当にやりますか――」

「「――やります!!」」

「……そう、ですか？　それはいいですけど食い付きがいいですね？」

いきなりテンションが上がりましたね……一体なにがそこまで魅力的だったんでしょうか？

二人ともなにかそんなに私にやってもらいたいことでもあったということですかね。

「そ、そうですかね？」

「わ、私はユウと違って邪心はないから！」

「邪心のないストーカーって……」

「私はストーカーじゃなくてガーディアンだから」

「「……やるか？」」

なんなんでしょうこの二人は……合間にコントでもしなきゃ死んでしまうのでしょうか？

どう、しましょうか……言い合う二人の会話の内容はまったく意味不明ですが止めた方がいいのでしょうか？　いえ、見てて面白いですし、こういったことから『普通の友達』というのを知るいい機会かも知れませんね。

……いえ、やっぱりそろそろ止めましょうか、なんだか見るに堪《た》えません。

「……そろそろいいですかね？」

「「あ、ハイ」」

なぜか二人して正座しますが、この際無視して話を進めましょう。

「私はこれから大きいことをします。具体的には先ほど言っていたようにこれから私は王女を追って城に潜入します……ちなみに邪魔すると言うのならどんな手を使っても大丈夫です」

「なるほど……」

「王城に潜入していったいなにをするつもりなんだろうなぁ……」

マリアさんはなにかを考え込み、ユウさんは何処か遠い空を眺めては間の抜けた顔を晒す。

「――レーナさん、覚悟して下さいね？」

マリアさんが悪戯を思い付いたかのような表情を浮かべて私を見つめる。

「私とユウが組んだら最強なの、知ってました？」

「……へぇ？」

そういえば道中で聞きましたが、彼らは幼馴染みなんでしたっけ？

「ふ、不用意に煽らなくてもいいんじゃないかな……」

「ヘタレは黙ってな！」

「なんだとぉ?!」

……本当に大丈夫なんですかね？

「ゴホン……まぁ、とりあえず精いっぱい楽しませますから覚悟しておいてください……ね、ユウ？」

「そ、そうだね……まぁゲームで競うって言うなら負ける気はないです」

なるほど、とりあえず問題がないようならいいです。

「わかりました。それではスタートです」

「え、ちょっ！」

「ウソでしょ！」

背後から聞こえる悲鳴を無視して、王女に付けた糸を手繰《たぐ》り寄せながら駆け出します……ふふ、ちゃんと楽しませてくださいよ？

▼▼▼▼▼▼

王族の隠し通路は、皇族《こうぞく》の緊急避難用の地下鉄を思わせる複雑さでした。ユウさんが言うには、無駄に複雑なマップはゲームにつきものらしいですからいいですけど、これ糸がないと初見では確実に迷ってましたね。

どこかの部屋の棚に偽装された隠し扉を出た後は、王女の残した糸を辿って城内を駆けます。

途中見つけた警備の近衛兵たちは皆殺しにして、ついでに掠奪《りゃくだつ》も働いた後、なにやら一際豪華な扉を見つけました。糸はその中に続いていますが……ここが王様の執務室ですかね？

「せいっ！」

「「っ?!」」

爆薬入りの鉄球を思いっ切り扉に向けて投擲……扉の前に立つ近衛兵二人が気づき、急いでその身を盾にしますが、大きい爆発音と共に扉ごと吹き飛ばされていきます。

その合間に急接近し、状況把握ができていない彼らの首を刎ね飛ばす。

「げほっ、ごほっ！　……少し火薬多かったですかね？」

うーん、室内で使うには少しいきすぎた物でしたか……次からは気を付けましょう。

「あ、あなたは?!」

「さっきぶりですね」

「……」

こちらを口を開けて驚愕の表情で見つめてくる王女と……険しい顔をしているこのおじ様が王様ですか。

「あなたがこの国の王様ですか？」

「……だったらなんだ」

いきなり襲撃されたというのになかなか肝が据わっている方ですね。

「……あなた、アナベラを……私のメイドをどうしたの……？」

「殺しましたよ、わかっているでしょう？」

「あぁっ……そんな……」

「……？」

今更なぜそのようなことを聞くのでしょうか？　逃げたということは薄々こうなることが……少なくとも可能性があることはわかっていたでしょうに。

「とりあえず確保しますか」

そんなにメイドさんの死が悲しかったのか、涙をポロポロと流す王女様を糸で縛り上げます。

「ふむ、どうやら人の心がないらしいな？　……帝国ではなく混沌の使者か」

「……あなた方には言われたくないのですが」

母と違って本物の心を持たない、紛《まが》い物のくせに。

「好きで化け物を批評したいわけではないわ、たわけ」

へぇ、襲撃されているのに罵倒《ばとう》する余裕はあるのですね。

「いいんですか？　あなたの態度次第でこの場の命が少なくなりますよ？」

「……どうせ狙いは私の命のみだろう、この分では他の兵は間に合わん」

「だから？」

「好きに持っていくがいい……ただし簡単に逃げられると思うなよ」

「……死ぬのが怖くないのですか？」

なんなのでしょうか、この人は……自分が死ねば国がどうなるかわかっていないわけではないでしょうに。

「……あなたが死ねば国が混乱すると思いますが？」

「それは仕方ないが、手遅れなのには変わりあるまい」

「……素晴らしく達観《たっかん》してらっしゃるんですね？」

「まぁな、ただ一つ条件を付けさせてもらおう」

「……なんですか？」

偉く物分りがいいですね、一体なにを企んでいるのでしょう。

「娘には傷一つ付けてくれるな」

「……娘さんが大事なんですか？」

「？　当たり前だ、子を嫌う親がいるものか」

子を嫌う親が居ないとでも――あぁ、なるほど、彼らは王族であれど普通の家族なんですね。なんだかそれはとても……憎たらしいものに思えます。

「……あなたの持論はさておき、私は王女を傷付けるつもりはありませんよ」

「ならいい、父親として娘の幸福を――」

「――それはもういいです」

聞くに堪えません。これ以上付き合う気もないので首を刎ねましょう。

「さて、行きますよ王女様」

「んん――――!!」

国王だった者の首と、寄り道した王太子の部屋にあった宝石のはまった指輪を執務机に置いてから王女を担ぎ上げ、そのまま城から脱出しましょう。

おっと、その前に――

「メイドさんから遺言です、『元気に健やかに成長されてください』……だそうです」

「っ！」

あらら、さらに泣き始めましたね……うーん、子どもの相手はそんなに上手くないと自分でも思いますので面倒臭いですね。

「……まぁいいです、行きましょう」

顔を赤くして、涙目になりながらこちらを睨み付けてくる王女を無視して、そのまま王の執務室から城内を走り抜けます。

「さて、混乱させますよ！」

その一言と共に山田さんたちが城の中で高位魔術を放ちまくり、私も爆薬を周囲にばら撒きます。

そこら中に大きな爆発音が響き渡り、壁などをぶち破って色んな部屋へと被害が出る。

「何事だ?!」

「急げ！」

「陛下はいずこへ?!」

ここまで騒げばすぐに国王が殺されたことは伝わるでしょうし、ユウさんとマリアさんも私がなにをしているのかに気づくでしょう。

「んー、んん!!」

「少しの間ですから、我慢していてくださいね？」

やはり振動がキツいのか抗議の声を上げる王女を窘《たしな》めながら駆け抜けていきます。

「貴様！　止まれ！」

「殿下⁉」

途中で遭遇した近衛兵の手足に鋼糸を括りつけ、そのまま絞るようにぶつ切りにして放置しましょう。

「がァァ⁉」

「ぎゃぁあ⁉」

時間差で死んでも経験値は入るのか少し気になったのでその実験ですね。合間にステータスを見ながらギリギリレベルアップしないところまでは殺して、あとは調整しながら行きましょう。

「貴様が騒ぎの元凶か⁉」

「王女殿下を放せ！」

「ここから先は一歩も――」

結構な数が一斉に湧いたので特製の爆薬入り鉄球を《流星群》で投擲して吹き飛ばしましょ――

「――久しぶりにやり過ぎましたね」

耳を貫き、身体全体を圧迫するかのような轟音が駆け抜けた後には城の一角が綺麗に吹き飛び、晴れ渡っている大空と向かいの尖塔が見えます……瓦礫《がれき》すら疎《まば》らにしかありません。

「……まぁ、ちょうどいいですかね。それではもう少し辛抱《しんぼう》して……あら？」

「……」

声をかけようと振り向いたら王女様が気絶してしまっていることに気づきました。どこに気絶する要素があったのか謎ですが……まぁ、持ち運びやすくて便利になったと思えば楽ですね。

王女を背中に糸で縛り付けてから、跳ね橋を破壊して堀を跳び越え貴族街の屋敷の上に着地。そのまま屋根の上を駆け抜け、逃走を続けます。

▼▼▼▼▼▼▼

「ボス——領主様、これが今期の税収ですぜ……です」

元ムーンライト・ファミリーの団員だった部下から書類を渡されるが……なんだその変な語尾は？

「そろそろ慣れろ」

「……すいやせん」

まぁ俺も最初の頃は慣れなかったけどな……思い出すだけで胃が痛くなる。

あのガワだけは綺麗で他は毒しかねぇ忌々《いまいま》しい女のせいで！

「クソっ！　俺が望んだ出世はこんなんじゃなかったはずなのに——」

「——あら、そうなのですか？」

「くぁwせdrftgyふじこlp」

誰だよ?!　急に耳元で囁くんじゃねぇよ！　ビックリするだろ?!

……待て、どこかで聞いたことのある声だぞ……？　いや、そんなまさか……嘘だろ……。

「は、ハハッ……誰かは知らんが、領主の後ろにいきなり立つのはダメだぞぉ？」

まったく、部下の悪戯《いたずら》には困ったもんだな……それだけ愛されて親しまれてる証拠だが、こういうのはいざと言う時に困るからな！　ちゃんと注意しないと……。

「……忘れたんですか？　あなたを領主にした人ですよ？」

「ダメだったか……」

いや、無駄な足掻きだとはわかってはいたさ……けどよ、仕方ないだろ？　この化け物とは二度と会いたくなかったってのによ……。

「……まぁ、座れ」

「では、遠慮なく」

本当に遠慮がないな、自分だけじゃなくて抱えてる身分の高そうな女の子まで椅子に寝かせやがる……まったく一体どこから――

「……本題に入る前に一つ聞いていいか？」

「？　なんですか？」

「その女の子はなんだ？」

「この国の第一王女です」

……なんだって？　第一王女？　……本当になんで第一王女が縛られているんだよ?!

「待て待て待て、まったく意味がわからんのだが?!」

「？　まず第一というのは最初のという意味で……」

「違う違う！　そういう意味ではなく！　なぜ王女が縛られているのかがわからんのだが?!」

「縛って連れてきたからですが？」

「……胃薬持ってこい」

「へ、へい！」

部下に例のブツを取りに行かせている間に目を閉じ、深呼吸をして精神統一を図る……コイツに真面目に取り合ってはダメだ。常識が通じねぇんだ……わかってるだろ？

「やっぱりエレンさん、胃が悪かったんですね？　大丈夫ですか？」

「……お陰様《かげさま》でな」

……嫌味なのか？　原因の十割にお前が関わっているんだがな？

「へい、ボス！　持ってきやした！」

「……助かる、ちょうど切らしてた」

「ふふ、なんだか危ない薬みたいですね？」

「……危ないのはてめぇの頭だよ（ボソッ）」

部下が持ってきた胃薬を三錠ほど取り出して水と共に一気に飲み干す。

「ふぅ……それで？　今度の用件はなんだ？」

「帝国に王女の身柄を引き渡すのでその仲介と、もし帝国が攻めてきたら協力してあげてください」

「…………なんだって？」

おかしいな、耳掃除は今朝したはずだがな？　聞こえてはいけないものが聞こえた気がするぞ？

「ふふ、同じネタは面白みがないですよ」

「……そうだよな？」

聞き間違いではなかったか……これ、親分と前領主になんて説明すればいいんですかね?!

「……ちなみに話を詳しく聞いても?」

「そうですね、実は最初は王太子がたまたま通りがかったので殺そうとしたんですよ」

「……」

「でも、逃げられてしまいましてね? それに後からただ王太子を殺すだけじゃ面白くないな、と思いまして」

「………」

「なのでもっと面白おかしくするために国王を殺して、王太子と第二王子の関係をギクシャクさせてから王女を攫ってきました」

「…………頭痛薬持ってこい」

「へ、へい!」

あ、頭が痛ぇ……これどうすりゃいいんだよ、俺ってばちょっと前までは地方都市のギャングの幹部に昇進したばっかだったんだぜ? なのに! なんで! こんなクソでかい案件ばっか舞い込んでくるんだよ!

……あぁ、本当に頭が痛い。

「へい、ボス! 持ってきやした!」

「……助かる、ちょうど切らしてた」

「ふふ、なんだか危ない薬みたいですね?」

「……危ないのはてめぇの頭だよ(ボソッ)」

部下が持ってきた頭痛薬を三錠ほど取り出して水と共に一気に飲み干す。

「……それで？　具体的には？」

「早ければ早いほど助かりますね、その間王女の身柄はこちらで預かりますので」

「……そうしてくれ」

「それと帝国には皇帝じゃなくて、過激派の将軍に渡りを繋いでくださいね？」

「……そうしないとダメか？」

「ダメです」

「ダメか……」

ちくしょう……こんなん戦争不可避じゃねぇか！　この街だけの騒ぎじゃなくなっちまうぞ?!

「それでは私はこの辺で……あ、適当な部屋を借りますね？」

「……もう好きにしてくれ」

「ふふ、相変わらず太っ腹ですね」

「……部屋の家具とか持ってくなよ？」

「？　なにを言ってるんですか？　そんなことするわけないじゃないですか」

「…………そうかい」

その言葉を最後に憎いあん畜生《ちくしょう》は去っていく……だからアイツに会いたくなかったんだよ!!

「ボス、今のは……」

「……会いたくなかった奴」

「さいで……」

あぁ、できることならば全てを放り出して眠りにつきたいぜ……。

▼▼▼▼▼▼

「私を、どうする気ですか……」

攫ってから三日目にしてやっと口を開きましたね。今まで頑《かたく》なに口を閉ざしていたのに、なにか心境の変化でもあったのでしょうか。

「さぁ？　それはあなたを受け取る帝国次第ですね」

「……帝国に私を売るのですか？」

「まぁ、それが近いですかね。なので帝国があなたをどうするのかまでは関知しません……大体の予想はつきますけどね」

過激派の将軍とか居ればその人に渡しますので。

王国に対する揺さぶりや開戦時に人質とするとか、王国を落とした後は子どもを産ませて支配の正当化を図るとか……まぁ、色々ですね。

「聞きたいですか？」

「……あなた、人の心がないってよく言われない？」

「……だったらどうします？」

確かに人の心を持たない化け物とか、割と酷いことは言われてますけど……それがどうしたというのでしょう。

「親の顔が見てみたいですね？」

「……素直に黙っててください」

「私のお父様は素晴らしい統治者ですが……あなたのお父様はろくでもなさそうですね？」

「あ、それには同感です」

「……そ、そう」

あの男……血縁上の父親は子どものまま大きくなっただけ……能力が高いから今まで無事で過ごしてこれただけです。私もあまり人のことは言えないかもしれませんが。

「私のお母様はとっても優しいのよ？　いつも悩み事を聞いてくれて、励ましてくれるの」

「……」

……そうですか、それがどうしたと言うのでしょうか。

「あなたのお母様はどうかしら？　ちゃんと励ましてくれる？」

「……黙っていてください」

私の母も私を肯定して励ましてくれていました……そう、してくれていました。

「今のあなたを見る限り母親の教育は失敗したと見るべきですね」

「……黙りなさい」

失敗は……していない、はずです。少なくとも私は母の言い付け通りに過ごし、母が懸念《けねん》していたような問題は起こしていません。

失敗は、私の母は失敗などしていない。

「自分の娘すら矯正《きょうせい》できずに、そばで止めることすらできないなんて――」

「――黙って!!」

王女の首を掴み床に引き倒す、死なない程度にギリギリと首を絞め上げ短刀を顔に突き付ける。

「ぐっ！　……あなっ、たの、弱点は……そこ、ね？」

「……」

「がっ⁈!　……げほ、アナベラは……どうでしたか？　あなたの母親に似ていましたか――」

「――彼女は母様ではない」

断じて違います……似ている？　母様が生きていれば共感していたかもしれませんね……で？　だからなんだと言うのです？

「……ふふ、あなたの死んだ母様とやらが泣いていますよ」

「――死ね」

短刀を高く掲げ、王女の憎い笑顔目掛けて振り下ろす――

「っ！」

――が、部屋に鈍い反響音が響き渡る。

「…………？　……なにをしているの？」

私の意志に反して短刀は王女の顔ではなく、そのすぐ横の床に突き刺さるにとどまる……やってくれますね？

「……どういうつもりですか？　山田さん」

『――』

まさかＮＰＣである従魔に噛み付かれるとは……お陰で冷静になれました。

「……一回鉱炉《こうろ》にくべるだけで許してあげましょう」

『──?!　──!!　──?!!』

「心配しなくとも初期装備の短剣に移し替えてからやってあげますから、死にはしませんよ」

『……』

山田さんの猛抗議を一蹴しつつ王女に向き直ります。

……そんなに落ち込まなくても、後で熟練の鍛冶師《かじし》の方にお願いしますよ。

『──?!　──!　──!』

手のひらを返したように喜んでいるようですね……やはり軍用ＡＩが使われているだけあってＮＰＣも生の感情に至極似たものがあるのでしょうか。

……まぁ、今はどうでもいいです。

「さて、気が変わりました」

「……なんですか？」

「あなたを帝国に売るのはやめにします」

「……どういうつもりです」

ええやめます。本当は売るだけにするつもりだったのですけどね？　あんまり私の神経を逆撫でしてくれるものですから……。

「あなたの名前と身柄で帝国に宣戦布告します」

「っ?!　なに、を……」

「ふふ、父親である国王が最期に会った人物があなたで、その後すぐに帝国に宣戦布告……後世の歴史になんて記されるのでしょう？」

「……やめなさい」

国王である父親を殺し、自分は被害者と見せかけて王太子と第二王子の政争《せいそう》を煽って戴冠《たいかん》を遅らせ、その間に自身は辺境領から帝国に侵攻……その功績でもって女王になろうとした……とかどうでしょう？

正妃を母に持ちながら、生まれ順と性別で後継者から遠いことに不満を持ったからとか理由付けされるでしょうか。

「父親殺しの汚名と国を戦争に巻き込んだ大罪……母親である王妃様はどうなってしまうのか」

「やめて、ください……」

歴史なんていくらでも改竄《かいざん》できますし、多少無理があるところもねじ込んでおけば後世の歴史家が資料が足りないとか、事実は小説よりも奇なりとか理由付けてくれるでしょう。

それに現実の地球の歴史でも理解が及ばない愚行をする人物は枚挙《まいきょ》に暇《いとま》がありません……案外、違和感なんてないかもしれませんね？

「同時期にいなくなったメイドさんもグルだったとか、むしろ暗躍の大半は彼女が請け負っていたとかどうでしょう？」

「おね、がいします！　どうか！」

そう言って王女は縛られながらも床に額を擦り付けて懇願《こんがん》する。涙を流し、嗚咽《おえつ》を交《まじ》えてこちらの慈悲に縋《すが》る。

「……私の母は相手が謝った時はどうしたらいいのかを教えてくれました……なんだと思いま

す？」

「……？」

わからないって顔をしていますね。

いきなりこんなことを言うんですから、それも無理はありません……でもね？

「……たとえ相手が謝ったとしても、許せなくて納得できなかったり、気持ちの整理がつかないのなら……無理に許さなくてもいいと教えてくれたんです」

「っ⁉　……あ、あぁ………」

「謝っただけで許してもらえると思うのは傲慢な考えだと、個人的に思うんですよ」

床に額を擦り付けながらの王女の泣き声をＢＧＭに戦争の段取りを計画します。

▼▼▼▼▼▼▼

「……それは本当か？」

「えぇそうです、戦争を起こします」

翌日の早朝、学校が休みなのもあってエレンさんの所へと出向き予定の変更を告げます。

「なんでまた？」

「……聞きたいんですか？」

「……いや、いい」

「そうですか」

疑問の表情を浮かべて質問してくるエレンさんに聞き返すと、なぜかこちらを怯えた目で見て震えながら拒否されました。

……私ってそんなに怖い顔してますかね？　自分で言うのもアレですが、母に似て割と整っているとは思うのですが。

「……少しだけ自信がなくなりそうですね」

「なにがだ？」

「いいえ別に……まぁ、というわけで皇帝を呼んでも、というより誰を呼んでもいいですよ？」

「……居なくなっても一番影響が少ない奴は誰だっけ？」

……おかしいですね？　わざわざご自由にどうぞってお任せしましたのに頭を抱えてなにやら思案し始めています。アレですかね？　よく聞く『今日の夕飯なにがいい？』に対して『なんでもいい』と答えるのは困るとかいう、そういった類でしょうか？

「なんでもいいというのが困るのなら、なるべく地位の高い方でお願いします」

「悪化しやがった……」

……おや？　これも違ったようですね？　さらに頭を抱えて部下の方に胃薬と頭痛薬を取りに行かせてますね。

「一体なにが不満──」

「──敵襲ー!!」

「何事だ!!」

敵襲？　まだ帝国とは連絡は取れていないはずですが……他に領主館を襲うほどの勢力を今は

ちょっと思い付きませんね。中央政府も今は混乱の極みでしょうし、軍を集めるのも動かすのも時間がかかりますから数日でここを襲うのは無理でしょう……辺境派遣軍も壊滅させたばかりですし。

「報告！　敵の正体は渡り人！　全容は未だ不明、規模はまだ把握できておりません！」

「渡り人だと?!」

おや？　プレイヤーの皆さんがここを襲っているのですか……彼らの大半は秩序か中立であり、最近増えた混沌勢力もまだそんなに育ち切ってはいないと伺いましたが……ここを襲う秩序的な理由でもあるんですかね。

「彼らは声明を発表しております！　……王国を混乱に陥れ、第一王女を不当に攫った貴殿らを許しはしない。ここに秩序の鉄槌を下す……とのことです！」

「……だそうだが？」

「……ふふ」

あぁ、なるほど……ユウさんとマリアさんの二人の差し金ですね？　どうりで城では妨害がなく、その後も三日間は音沙汰《おとさた》がないと思っておりました。

「ふふふふ……あっはっはははははは!!!」

「……ついに壊れたか？」

なるほど、なるほど……？　ユウさんにこんな大胆なことができるとは思えませんし、マリアさん……あなたの手配ですね？

ユウさんも色々と協力や助力はしているでしょうがあの方は所謂《いわゆる》ヘタレと呼ばれる方ですから、いるのかわかりませんが攻略組トップたちと交渉なんてできないでしょう。

「……なかなかに楽しませてくれるじゃありませんか？」

「……壊れてるのは元からか」

勝利条件と敗北条件を明確にしましょう……こちらの敗北条件は王女の奪還、ないしせっかく作った傀儡領主であるエレンさんを排除されること……既に『遊び』の計画に遅れが出ていますがそれは構いません。

次に勝利条件ですがこれは単純です。彼らを全滅もしくは戦意喪失させるまで殺し続けること……初動を取られた時点でこちらが圧倒的に不利ですね。

「さて、全軍私の指揮下に入りなさい」

「……軍の指揮までできんのかよ……どこぞの王族でも無理だぞ？」

涙目でボヤキながら軍の緊急招集と指揮系統の指示を出しに奔走するエレンさんを尻目に防衛計画の段取りを頭の中で構築します。

▼▼▼▼▼▼

「……ねぇ、本当に私が演説するの？」

「いやだって、マリアが呼び掛けたんだからそうでしょ……」

確かに私が掲示板とか駆使してプレイヤーたちに呼び掛けたよ？　一種のプレイヤーイベントだー、とか煽ったよ？　レーナさんを最高に楽しませるために頑張ったよ？

……でもね？

「私も陰の者なんだよなぁ……」

「レーナさんと仲良くなるなら関係ないから……」

「……実感こもってるね？」

あのユウが……自分の趣味のことになると途端にそれまでの優しさと配慮《はいりょ》がなくなって空気が読めなくなるユウが……オタクを隠しているつもりでも好きなことになるとついつい声が大きく早口になっちゃうユウが……すごく、遠い目で声を震わせてる……私、震え声っていうのを生で初めて聞いたよ。

「まぁ声はいつものアレで遠くまで届かせるから、任せてよ」

「……『宴会魔術』と『DQN魔術』だっけ？」

「それに最近『公共魔術』で《放送》てのも習得したから」

「……君のスキル本当に謎」

いやぁ織田くん、君って奴は本当に飽きさせないねぇ？

いつも一緒にゲームするとイロモノ枠使いたがるから予測できないわぁ～。

「すぅ、はぁ～……じゃあ、行ってくるね？」

「うん」

深呼吸して台の上へと上り――途端に一斉にこちらを向く大勢のプレイヤーの視線に怯む。

これだけでなぜか自分が責められているかのような気持ちになって既に辛い……けど、レーナさんを精いっぱい楽しませるために、私はレーナさんに勝つ！

「み、皆ひゃん！　この度はお集まりいただきゅ、いただきまして、本当にありがとうございます！」

「嬢ちゃん堅いよ！」

「もっと気楽に！」

煩《うるさ》いよ！　こっちは慣れないことしてるんだから少しは大目に見てよ！

くっ、この際プレイヤーの戯《ざ》れ言《ごと》は放っておこう、無視だ無視。

「皆さんにお集まりいただきましたのは他でもない……あのジェノサイダーを討つためです！」

「本当にそんなことできんのかぁ？」

「まぁ、楽しむだけ楽しめばよくね？」

「勝てなくても別にいいしな」

まぁ当然そんなことをいきなり言ったって、レーナさんの実績は大きく、わかりやすく、彼女は倒せないとプレイヤーたちの半ば常識となりつつあるためにどこか気楽で浮《うわ》ついた雰囲気がある
……だから――

「――私は本気です」

「『……』」

強い意志を込めて、腹から絞り出すように……けれども静かに一言発する。

私の強い意志を感じ取ったのかプレイヤーたちが静かに、お気楽な雰囲気から一転してこちらを値踏みする視線が身体を舐めるように這いずり回る。

「もう一度言います……私は本気です」

「『……』」

「皆さんどうせジェノサイダーには勝てないと思っているんでしょう？」

『『……』』

「……いえ、違いましたか……勝てなくても仕方がない、と……そう言い訳しているんでしょう？」

「……なんだと？」

「煽ってんのか？」

ここまで来たらもうヤケクソで、今の自分にできる精一杯の言葉を尽くそう……人を動かすのなら本気を見せるのは基本だからね。

「それも仕方がないことです。始めてすぐの初心者に、ベータ版からの攻略組ですら為す術もなく殺られ経験値になりました」

『『……』』

あの『始まりのジェノサイド』と呼ばれる惨劇はレーナさんを……というよりこのゲームを語るうえでまず外せない創世神話だから、知らないプレイヤーは確実にモグリだろう。

「NPCと、特に当時の攻略組トップよりもはるかに強かったアレクセイ騎士団長と共闘しておきながら……三桁に上る数で攻めておきながら……無様に敗北しましたね」

『『……』』

『始まりの街クーデター事件』も有名すぎてもはや常識、語るまでもなく皆さん知っているでしょう。というよりほとんどのプレイヤーがあの時参加、もしくは観戦していたからね。

「腰抜けの敗北者になるのは仕方がないことですから、痛くも痒くもありませんよね……」

「……嘗めてんのか」

「俺らを馬鹿にするために集めたのか？」

ここまで煽ってようやくプレイヤーの中に怒りをあらわにする者、そのまま立ち去る者たちが現れる……けど、そんな人たちは元から願い下げなので構わない。

「第一回公式イベントでも散々に殺られましたね……その汚名を返上したのはハンネスさんたちのパーティーだけなのが悲しいです」

「……だってよ」

「じゃあどうしろって……」

そうです、あなたたちと同じ条件でレーナさんに食らいついた人たちは既にいるんです……今さら逃がしなんてしませんよ？

「もう一度言います、私は本気です」

「『……』」

「……汚名を返上したくありませんか？　数が多いだけの秩序と言われても平気ですか？　攻略組という自信を取り戻したくないですか？　自分に言い訳することをやめたくありませんか？」

彼らのコンプレックスに、心の柔らかい所に土足で踏み込んでいく……彼らも攻略組と言われるぐらいあってゲーマーです。ここまで言われて、ここまで煽られて黙ってはいないでしょう。

「じゃあどうしろってんだよ」

「勝てる保証はあるんだよな？」

「いえ、保証はできません」

レーナさんに勝てる保証とか、そんなもの……いや、レーナさんじゃなくてもPvP《人対人》に勝てる保証とか有る訳がないじゃない。

「なんだよ、やっぱり無理じゃねぇか」

「どうせまた負けるんじゃ……」

「――けれど、私に付いてきてほしい」

まぁ、でも――勝てるかもしれないと思うだけなら簡単だ。ここからは断言していく……無駄に自信をあふれさせ、なにも恐れることはないのだと言い聞かせるように。

「ジェノサイダーは攻めるのは得意でも守るのは苦手でしょう……少なくとも見たことありません、ないから可能性がある」

こんなのペテン師の戯れ言だ、可能性だけならなんとでも言えるのだから。

「そもそもこちらの勝利条件はなんです？　王女様を救う……それが無理でも傀儡領主を倒せばそれで勝ちです」

けれど、そのペテン師の戯れ言に説得力を肉付けしていく……この領主の館という閉ざされた、それでありながら広い地形は、入り込まれた時点で守るのは難しいだろうと……レーナさんも一人では確実に手が回らないでしょうと……それっぽく虚飾《きょしょく》して彼らが騙されやすくしてやる。

「数だけの秩序？　……いいえ、数の秩序です！　我々はこのゲームに於ける圧倒的多数派！　圧倒的民意！　圧倒的与党！」

そしてダメ押しの感情論……彼らのプライドやらなにやらを刺激してやる。

数だけの秩序？　そうですがそれがなにか？　数とはそれだけで力です、強いのです！

「持たざる者たちの嫉妬に塗《まみ》れた嘲《あざけ》りなど、文字通り一蹴《いっしゅう》してしまいなさい！」

あぁ、演説もいよいよ最高潮だ……上から見下ろせる彼らの顔が興奮に彩られてきたのがハッキりとわかる。

「今ここにジェノサイダーを討つための宣言をします！　勝っても負けても本気であるならば、我々はゲーマーとしての誇りを取り戻せる！」

あぁ、ダメだ……陰の者である私にはやはりキツイ、気持ち悪い、吐きそう……こんなに大勢の視線に晒されて演説しなきゃいけないなんて、私は前世でとんでもない悪事を働いたに違いない。

「今こそこの世界に秩序示す時！」


――オォォォオォオオォオオオオオ！！！！！！


つ、疲れたぁ……演説が終わってすぐに台から降りてユウのもとに駆け寄る。

「……吐きそう、しばらく防波堤になって」

「はいはい」

私はユウの背中に隠れてプレイヤーたちの視線から逃げながら、彼らが領主の館に突撃していくのを見て――レーナさんが楽しめることを確信して安堵するのだった。

第二章. 善悪攻守逆転

「攻めろ！」

「守りなさい！」

NPCの領軍の兵たちとレイドを組み、指揮系スキルの恩恵によって強化し、指示を出すことで命令や統率系のスキルの効果も上乗せさせます。

パーティーを組む仲間や従魔には劣りますが、まぁなにもないよりかはるかにマシでしょう。

「っ⁈　NPCの奴ら結構強いぞ⁈」

「中身ギャングの領軍のはずでは⁈」

さらに山田さんたちに全体付与や強化をしてもらいます。

かける人数が多いほど効力は下がりますが、これもまた構いません。

「HPが三割切った者から下がりなさい！　一班から三班はそのまま前へ！」

「ジェノサイダーちゃん、指揮もできんのかよ！」

「負けてたまるか！」

当然彼らの中にも指揮系スキルを持っている方もいるでしょうし、プレイヤーにとって付与や強化は基本ですからね……まず地力が違いますし、数もこちらが圧倒的に不利です。

ですが、だからといって素直に負けてあげる義理はありません。

「……全員渡した抗体は飲みましたね⁈　投げますよ！」

『『おう！』』

「なにする気――」

領軍全体に少ない時間の間に行き渡らせた抗体を全員が飲んだことを確認してから、鉄球をプレイヤーのど真ん中目掛けて投擲します。そこら中で爆発し、破片を周囲に飛び散らせながら一目で危ないとわかる色の煙と粘液を放出します。

「げぇっ?!」

「ジェノサイドポイズンだ！」

「どの解毒薬や魔術で解除できるのか調べろ!!」

……なんですか、そのジェノサイドポイズンとは……私の作製した毒にそんな名前が付いてるなんて、初めて知りましたよ。多分ユウさんは知ってて黙ってましたね……後で引き回しましょう。

「ぎゃっ?!」

「ぐぇっ?!」

一先ず謎の名称のことは置いておいて、毒の解除を試み始めた者から投擲のヘッドショットで潰していきます……おそらく神官や薬師などのヒーラーでしょうからね。

「クソッタレ！」

「自然回復を待つのは……」

「いや、無理だろ？　ジェノ毒だぞ？」

「だよなぁ……」

………なるほど、ジェノサイドポイズンを略してジェノ毒とも言うんですね……どうでもいいですけど、気にはなりますね。

微妙な気分になりつつも投擲して中心的人物とヒーラーを駆逐していきます。

「やっぱり指揮官を――がっ?!」

「ジェノサイダーを――ぐえっ?!」

「おい?!」

前線に掛かりきりになっている方から暗殺部隊が気配を消して『致命の一撃』を放っていきます。

彼らが言うように領軍の中身はほぼギャングだったムーンライト・ファミリーです。それ故にこういった汚い仕事は得意なんですよ。

「汚ねぇ！」

「感知能力高い奴は教えろ！」

「馬鹿野郎！　ジェノサイダーに狙われるだろ?!」

まぁその通りなのですけど……効果覿面《てきめん》ですね。

こちらの策を封じたり目立った者から優先して投擲のヘッドショットを狙っていったので積極的な動きができないでいるようです。

「一班から三班は下がって、四班から六班は前に出なさい！」

こちらの策に対する対抗措置も反対が出て初動が遅れ、事態を打開しようと動けば目立って狙われる……それによって雁字搦《がんじがら》めになったプレイヤーたちは数の差を活かすことができずに徐々に後退していきます。

「クソっ！　押されてるぞ！」

「わかってる！」

「別にここはこれでいい！」

「アイツらまだか?!」

どうやらなにかを待っているようですね。

まぁここはこれでいいというのは同感ですね、私もそう思います。

彼らを観察しながら忍ばせた鋼糸を前衛のタンク職の足に巻き付けて引っ張ります。

「なんっ?!」

「うぉっ?!」

そのまま十数人のプレイヤーを空中に宙吊りにして首と手脚を鋼糸で巻き斬る。天井からゴロゴロという音と共に身体のパーツが落ち、一拍置いて血が壊れた水道管の如く噴き出していく。

「全軍突撃！」

「『ウォォオオオ！！！』」

「ヒィッ！」

毒で弱り、目立たないように大技を出せず、積極性も欠き、不意打ちからの暗殺に怯えて所々の警戒などが疎《おろそ》かになっていた前衛のタンク職を処理すれば後は防御の薄い柔らかいプレイヤーたちしかいません……サブタンクや生き残りもいるでしょうが物の数じゃないですね。

「報告！　敵正面から増援！」

「構いません、そのまま敵の戦力を釣り続けてください」

「了解！」

そうです。どんどん戦力を投入してください……出し惜しみなんてつまらないことは考えないで全力で来てくださいね。じゃないと面白くないですから。

「……そろそろですかね？」

「報告！　裏口が突破されました！」

……来ましたか。一応裏口などはガチガチに固めてバリケードも造ってありましたが……まぁ時間がありませんでしたし、急造でしたからね。まぁ、別に計画通りなので構いませんが。

「裏口の部隊には徹底して遅滞戦闘に努めよと伝えてください。決して勝てそうでも攻めず、どんどん奥まで引き込んでください」

「へっ？　あ……は、はい！」

さてさて、時間になるまでここで足止めと敵戦力を釣り続けることに努めさせましょう。裏口からはどんどんと引き込みましょう……あとはユウさんとマリアさんがどう動くかですね。

「……ふふ、楽しみにしてますよ？」

ここまでのサプライズをしてくれたんですから、次も期待してますからね？

▼▼▼▼▼▼

「守れ！」

「攻めてください！」

領主の館の正門付近では先ほどから大規模な戦闘が続いている……数の差はこちらが圧倒的に有

利。質でも『始まりの街』のNPCとプレイヤーでは大きな差がある。

「くそっ！」

「押されてるぞ?!」

先ほどから一条さんの指揮をしながらの妨害がひどく効果を発揮している……いや発揮し過ぎている。毒を投げ込まれ、それを解除しようと動けば投擲で狙われ、同じくこの事態を打開しようと目立てば遠距離から即死の一撃が降ってくる……正面から絶えず敵の部隊が押し寄せるために回避行動すらままならない。野戦で相手の弓兵部隊が狙撃してくるようなものだ。

「サブタンクは前に出て！　増援を送るまで耐えて！」

さらにそこに暗殺部隊を放ち、集中を欠かせて所々の警戒が疎かになったところで糸によるタンク部隊の虐殺……描写規制をしていない人は一瞬動きが止まってしまうほど凄惨なそれにより壁のなくなったこちらへと敵部隊が突撃してくる。

「増援が来たらまた前へ突撃！　正門に対する攻撃の手を緩めないでください！」

相手もこちらの戦力を釣るために守りに徹しての消耗を狙わず、むしろ攻めてきているのでしょう。相手はこの街のトップでもあるから、こちらは店でのポーション類は規制され買えないけど向こうは備蓄などが大量にあるだろうし、レーナさんも毒が作れるなら薬も作れるはずだ。

「マリアちゃん、裏門突破できたってよ！」

「ありがとうございます、相手が攻めてこようがそうでなかろうが変わりません！　どんどん内部に攻め入ってください！」

「了解！　伝えてくるぜ！」

相手が裏口を積極的に守るのか、それとも打って出るのか……それによって取れる戦術が変わってくる。

「それでは副官、指揮の引き継ぎをお願いします」

「わかった、当初の予定通りだな？」

「はい」

正門の指揮を『皇国神聖騎士団』のスメラギさんに任せて私は裏口まで駆け出す……その隣にはユウがついている。

「マリア、この後はいつ合流するの？」

「ユウはこのまま付いてきて。裏口からある程度侵入したところで彼らと合流して、それが無理ならばこのまま二人で行くよ」

「おけ把握」

ユウと二人並んで戦場を走り抜ける……横から突っ込んでくるＮＰＣの兵の首へと杖の先を引っ掛けて引き寄せ、前方から迫り来る敵へとぶつける。

そのままユウの支援の下に強化された《赫灼杖《かくしゃくじょう》》にて周囲の敵を吹き飛ばし、燃やして一掃する。

「せぇえい！」

「煩いわよ！」

剣を振り下ろされる前に、その鍔へと杖を引っ掛けて奪い取り後方の魔術師へと投げる……レーナさんみたく当たりはしないけど牽制にはなると思う。

そのまま武器を失った兵士の顎を杖で砕き、鳩尾《みぞおち》を石突で突き飛ばして道を空ける。

「さっさと行くよ！」

「わかってるって」

走り抜け、途中でプレイヤー部隊と合流した後は安全に裏口まで辿り着く。

「……攻めるでも守るでもなく遅滞？」

「入り込まれたらまずいはずだけど……？」

そこで敵の徹底した遅滞戦闘を目の当たりにしてユウと二人で訝しむ……レーナさんの狙いがわからない。こんな屋敷の中という逃げられもせず、得意の機動力も活かせない場所に敵を引き込む理由はなに？

「……当初の計画通り、私たちで王女と傀儡領主を狙います。その間にあなたたちの部隊は敵からポーション類などの掠奪をお願いします」

「おうよ！」

「任せな！」

わからないけど考える時間もない。

秘密の抜け道で逃げられても堪らないし、正門での戦闘のように相手の思惑《おもわく》にはまって身動きを取れなくなっても面白くない。そしてなにより――

「――慎重すぎたらレーナさんが楽しめないよね？」

「……僕の周りの女子、ろくなのが居ないな？」

レーナさんのことを想いながら薄く笑みを浮かべて呟く……織田がなにかほざいているが無視して次の行動へと移る。

「皆さん退いてください、一気に守りをこじ開けます」

「どうするんだ？」

「ユウは支援！」

「はいはい」

どんどんユウから支援をもらう……本当にこいつの支援能力は頭一つ飛び抜けてるわ、なんなのこのバフの量？　攻略組トップよりも凄いじゃん、スキルは変なのに……。

『身命祈祷《しんめいきとう》・完全燃焼《かんぜんねんしょう》』

「っ?!　お前上級クラスを?!」

「最近やっと解明されたのと食い違うぞ?!」

周囲のプレイヤーがざわめいているが別に不思議なことはない……カルマ値が200を超えないとダメだが、それと別に中立と同じくカルマ値150を超えて特殊な条件をクリアすれば問題ない。

「『妄執慈愛《もうしゅうじあい》・理想女性』」

＝＝＝＝＝＝＝＝＝＝＝＝＝＝＝＝＝＝＝＝＝＝＝
種族：人間
名前：マリア　Lv．61《＋15》
カルマ値：156《善》
1stクラス：赫灼司祭
2ndクラス：杖聖《じょうせい》

3rdクラス：聖母
状態：献身《特定の相手に尽くす毎にHP継続回復：最大2%／5s》
完全燃焼《STR上昇：特大・INT上昇：特大・攻撃に火炎属性：極大・火炎属性の与ダメージ上昇：極大》
理想女性《INT上昇：特大・DEX上昇：特大・攻撃に光輝属性：極大・光輝属性の与ダメージ上昇：極大》
属性付与《攻撃に火炎属性：極大・攻撃に火炎属性：特大・攻撃に火炎属性：大・攻撃に火炎属性中・攻撃に火炎属性：小・攻撃に火炎属性：極小》
属性付与《攻撃に光輝属性：極大・攻撃に光輝属性：特大・攻撃に光輝属性：大・攻撃に光輝属性：中・攻撃に光輝属性：小・攻撃に光輝属性：極小》
炎熱攻勢《攻撃に火炎属性：中・攻撃力上昇：中》
炎熱守護《火炎耐性上昇：中・防御力上昇：中》
神聖攻勢《攻撃に光輝属性：中・攻撃力上昇：中》
神聖守護《光輝耐性上昇：中・防御力上昇：中》
強化付与《STR上昇：特大・VIT上昇：特大・AGI上昇：特大・INT上昇：特大・DEX上昇：特大》
強化付与《切断強化：大・打撃強化：大・命中率上昇：大・回避率上昇：大》
＝＝＝＝＝＝＝＝＝＝＝＝＝＝＝＝＝＝＝＝＝＝＝＝＝＝＝＝

いやぁ〜、最初はビックリしましたとも。まさか自身の所属する陣営の神と邂逅《かいこう》するとかさ……そんな条件ならば普通は無理だし、絶対不可侵領域《ぜったいふかしんりょういき》さんが黙るのも理解できるというもの。

まぁ、とりあえずは準備が終わったし、ぶちかましますか！

「『偉大なる七色《なないろ》の貴神《きしん》が眷属《けんぞく》たる太陽神ガーヴェスよ　御身《おんみ》を信仰し　御身の敵を討ち滅ぼし御身の子羊を護るはマリア　その御力《みちから》を以《もっ》てして　我に今こそ邪悪なる神敵を討つための加護を――――』」

――さぁ、プレイヤーの皆さん離れていてください。

「『――――与えたまえ！』」

「げぇっ?!」

「た、退避！　退避ー！」

――じゃないと。

「『日輪の怒号《ガーヴェス・イーラ》』!!」

――巻き込まれて死んでも知りませんよ？

▼▼▼▼▼▼

「……すごい爆発音でしたね」

先ほど凄まじい爆発音と共に熱波がそこら中を駆け抜け大地を揺らしました……おそらく裏口のあたりでしょうが、ここまでダメージ判定があるのは驚きです。

熱波のせいで敵味方問わず回復が追い付いていなかった方が文字通り蒸発していきましたし、毒ガスも吹き散らされました。

「とりあえず副官、私はそろそろ行きますので指揮の引き継ぎお願いしますね？」

「あ、あぁ……」

初めて会った時にエレンさんに噛み付いていたムーンライト・ファミリーの古参幹部さんに後を頼んでから執務室へと向かいます。少し早いですが裏口が早々に突破されたので仕方がないです。

「その前に……ほいっと」

「あっクソっ！」

「またかよ！」

吹き散らされてしまった毒ガスなどを再び充満させます。幹部の人にも幾つか渡してから先を急ぎましょう。

「エレンさん無事ですかー？」

「……お陰様でな」

執務室に辿り着き、エレンさんに呼び掛けると机の下で頭を抱えながらどことなく疲れた表情で暗い返事を返されます。ダメですよ？　もっと元気出さなきゃ。

「元気ないですね……まぁ、いいです」

「……お陰様でな」

エレンさんを連れて王女様を隔離している部屋へと赴きます。その途中でも何度か強烈な爆発音が屋敷中……下手したら街まで響いていきます。

「凄い爆発音ですよね、エレンさんは大丈夫でしたか？」

「……お陰様でな」

……さっきから同じ言葉しか発していませんね、あまりの恐怖にお陰様でなｂｏｔと化しましたかね。そんな馬鹿なことを考えているうちに目的地へと着きました。

「さて王女様、ご無事ですか？」

「……」

驚きましたね、まだこちらを睨み付ける気力があったのですか……なかなかに面白い女の子じゃないですか。

「よかったですね、あなたのために多くの人が死んでくれていますよ」

「……っ」

王女様を糸で縛り上げて赤子のように背負い、麻布《あざぶ》さんで包み込みますが……さすがに自分のために人が多く死ぬのには反応しますね。罪悪感なんて持っているからですよ。

「さて、このまま最終準備を――エレンさん」

「ぐぇっ?!」

廊下に出たところで前を歩いていたエレンさんの襟首を掴んで思いっきり引き寄せます……カエルが潰れたような汚い声を発しますが無視です無視……だって――

「――マッスルパワァァァアァァアァァアアア！！！！！！」

――変態紳士《へんたいしんし》さんが突っ込んできたのですから。

そのまま彼は床ごと地面を拳で突き破る体勢のまま、こちらに顔を向けニッコリと微笑みます。

「あぁ、また逢《あ》えて嬉しいですぞ……」

「──」

その様々な想いと感情が込められた万感の呟きと、恍惚とした表情のあまりの気持ち悪さに思わず絶句してしまいます。なにげに蝶ネクタイが追加されているところが微妙に腹立たしいです。

「……あなたは自分の道を突き進めばよろしいのでは？」

できることならば今は勘弁してほしかったですね、この方の格好は子どもの教育に悪そうです。単純に面倒ですし、ご自身の紳士道とやらを貫けばよろしいのでは？

「チッチッ……わかっておりませんな？」

人差し指を立てて振り、舌を打ち鳴らしながらこちらを生温かい目で見てきますね……なんか不本意ですし、微妙な気持ちになります。

「ではなんだと──」

「──他人に無関心では秩序は保てないのです」

……なかなかにそれっぽいことを言うじゃありませんか。

「そう！　混沌のように他者を顧《かえり》みず、中立のように全てを許容し、排除しては人助けなどできんのですよ！」

「……」

どうやったのか、足下を爆発させ一息にこちらへと迫り来る彼の拳を半身になって躱しながら肘を短刀の柄で殴り付ける。

「ぬぅ?!　……それにですな、人助けとは紳士道に通ずるのですよ、なぜだかわかりますかな？」

「……知りませんけど」

情け容赦なくエレンさんの頭を掴み割ろうとするのを胸を蹴り飛ばすことで阻止しますが、跳ぶ際に王女様を攫おうとしたので即座にしゃがみ込んで避けます。

「人助けと紳士、どちらも――」

彼の拳から放たれる遠距離スキル攻撃をエレンさんの襟首を掴んで引き寄せながらバックステップで回避しながら毒針を投擲、いくつか胸板に弾かれますが鎖骨に刺さりましたね……骨より筋肉の方が硬いのですか。

「――独り善《よ》がりのお節介だからですよ！　『宣誓・我は己の在り方を否定する者を打ち砕く者なり』!!」

踵落としをエレンさんを脇に抱えながら横に跳び回避します……既に屋敷はボロボロですね。

「『宣誓・我は己の在り方を肯定する者を決して裏切らない者なり』!!　……故にジェノサイダー、いえレーナ殿」

「……エレンさん生きてます？」

「……自分じゃわからない」

あんまりにもエレンさんが言葉を発さないので確認してみましたが……大丈夫そうですね。

「……吾輩《わがはい》は貴女《あなた》も救いますぞ？」

「……？」

私を救う？　なにか窮地《きゅうち》に陥っていましたっけ？

「貴女の異常性はもはや生まれつきかも知れませぬ……しかしですな？　そのせいで貴女のような

女性が迷子になっているのは見過ごせないのです」

「……どうやら本当にお節介のようですね」

「ハハハハ、私もある意味病気である故に許してくだされ……それにですな」

「……まだなにか？」

これ以上変態との会話は遠慮したいですね……スキルのエフェクトを伴った拳の振り上げを背後に倒れるように躱しながら肘を蹴り上げ、回転しながら距離を取る。

「——大人は子どもを庇護《ひご》するものです！」

その一言により一足飛びに距離を詰められ腹に一撃をもらってしまいますが、短刀を突き立てながら《溶断《ようだん》》を発動して防御と共に拳を破壊します。

「……よかったですね、愛されてもいますよ？」

「……嬉しくないです」

おや、王女様が言葉を発しましたね？　それほど彼は衝撃的だったのでしょう。

▼▼▼▼▼▼

「……やり過ぎちゃったかも」

「かもじゃないんだよなぁ……」

僕の目の前には大地ごと屋敷の一部を吹き飛ばしてなお止まらず、熱波だけで街にまで被害を出したマリアがオロオロとしているのが見える。

守りを固めていたNPCが文字通り蒸発していくのを描写規制なしで見ているからか『あぁ、熱核兵器で死ぬ時こうなるんだな……』と思わず呟いてしまうほど見事だった。

「……凄い、地面がガラスになってさらに溶けてる」

もうこれ地面なの？　ってくらいドロンドロンのデロンデロンだよこれ……近寄るだけで暑いというより熱くてスリップダメージがくる。

「ダメージ床かな？」

「あ、あぅ……」

見れば後方へ逃れたプレイヤーたちにも被害がいってるし、なんなら尻もちをついてマリアを恐怖の眼差《まなざ》しで見つめている……。

いや「ジェノサイダーの系譜……」「いやデストロイヤーだろ」「バーニング聖女……いや、デストロ司祭？」とか話し合ってるし割と元気かもしれない。

でも挙がっている渾名《あだな》の候補はどれもダサいので幼馴染み権限として独断と偏見で却下したい。

「……て、てへぺろ？」

「……とりあえず冷やさないと入れないね」

「はい……」

この場よりも熱く議論を交わし合い、時に殴り合っているプレイヤーたちはいつものことなので放っておいて『公共魔術』の《水道》から水を流し込み、《インフラ整備》と《空調》でそれを支援して、『土木魔術』の《年末》で突貫工事で道を整える。

「これがイロモノ枠のユウ……」

「イベント後、百を超えるジェノラーたちから逃げ切ったという……」

「それが原因でジェノラーとアンチジェノサイダーの両方に認められた稀有《けう》な人材……」

「ぶっちゃけ半分以上なんの魔術かわからん……」

「普通の水魔術じゃダメなの？」

「馬鹿、それは言わない約束だろ？」

……泣いていいかな？

ていうか嫌なことを思い出しちゃったじゃないか……イベント終わった後すぐにジェノラーたちに追い回された忌まわしき記憶を。逃げても逃げてもどこからか湧き、助けてくれた親切な人かと思ったらそいつもジェノラーで……街に逃げ込んでも逆に一般のプレイヤーと区別が付かないから悪手だったというあの悪夢を。

「……泣きそう」

「な、なんかごめんね？　今度ペ○ちゃんのほっぺ奢るね？」

「許そう」

眉を下げてこちらを申し訳なさそうに……半ば泣きそうな表情で謝ってくるマリアに『そういえばこいつ案外打たれ弱かったな』と思い出して許しを与える。

……自分に対して下手《したて》に出るマリアはなんか変な感じがするというのもあった。

ちなみにこの前のと合わせてそれぞれ自分で買えばいいじゃんとか言ったら表面上は怒ってみせても、また泣きそうになりながら真面目《まじめ》に代案考えるからタブーである。

「よし、終わったし行くよ」

「早く合流しなきゃね！」

「……どうかなぁ？　あの人たちが団体行動できるとは思えないんだけど」

ぶっちゃけあの人たちみんなキャラとか癖が強いからなぁ……多分作戦とか無視して単独行動してると思うよ？　じゃないと数は多い秩序陣営のトップ走ってないでしょ。

「じゃあやっぱり、当初の予定通りだね……」

「そうだね、もう彼らは居ないものとして動いた方がよさそう」

先にプレイヤー掠奪部隊を向かわせ、補給の問題を早期に解決させることを図る。

こちらの大義名分は個人の傀儡となっている偽領主を排して、前領主を救い出すことだから住人NPCや元衛兵なんかも協力してくれているが……やはり目立たないようにしなくてはいけないため物資の枯渇《こかつ》が酷い……元々物流も滞っていたしね。

「よっしゃ！　私たちも行くよ！」

「ほどほどにね」

本当に頼むよ？　領主の屋敷の中でさっきみたいな大技をぶっ放されると僕まで巻き添えで死んじゃうからね？　本当の本気で頼むよ？

「わかってるって！　ユウは黙って私に付いてこい！」

「はいはい」

マリアと二人で領主の屋敷へと裏口……があった場所から入り込み進撃を開始する。こちらを、特にマリアを化け物でも見るかのような半ばへっぴり腰の兵士たちを二人で倒していく。

「やぁっ！」

マリアが撃ち漏らした兵士を『公共魔術』の《配電ミス》でショートさせ、こちらに迫ってくる者は《ダム》で塞《せ》き止めてから《液状化》を掛けて放流する。

見えない壁にぎゅうぎゅう詰めにされていたところで、いきなり道を阻んでいた物がなくなり前のめりに進んだところで液状化した地面にどんどん呑み込まれていく……それが途切れたところで《整地》で閉じ込める。

「……えっぐ」

「マリアには言われたくない」

向かってくる兵士を一切の差別も区別もなく、骨すら遺さない焼却処分をしていくマリアには言われたくはない。僕のは地面を掘れば遺品も死体も出てくるけど、マリアのは誰が死んだのかすら判らないじゃないか。

『——マッスルパワァァァァァアアァァアァァァァアア！！！！！！！』

「お？」

「変態紳士さんの声だね」

おそらくレーナさんか目標の王女、もしくは傀儡領主を見つけたのだろう。

あの人は本当に自分の信じた道をただひたすらに突き進むから行動を制御しようとしてはいけない……協調性がまったくないわけじゃないんだけども。

「急ごう」

「そうだね」

レーナさんが王女様を使ってなにをするつもりなのかは知らないけど、絶対にろくなことじゃないしね……むしろレーナさん自身が『止めてみてください』って言ったんだから本気で行こう。

「止ま――」

「――《サイレン》」

こちらの歩みを止めようと兵士が十数人現れたところで『公共魔術』の《サイレン》を発動する
……途端に整列し道を空ける彼らを尻目に走り抜ける。

「救急車にご協力くださいってね」

「……本当に謎だわ」

こちらを珍獣でも観察するかのように見つめてくるマリアを放っておいて追跡されないように
《クソリプ》と《メスガキ》を設置していく……さて、そろそろレーナさんかな?

「……僕ちょっと畑見てくる」「……私、この戦いが終わったら脱稿するんだ」「別にレーナさんを倒してしまっても構わんのだろう?」「もうなにも怖くない」「レーナさんが居るのに、大人しく寝ていられるか!」「こんな夜中に誰だろう?」「これは……そうだったのか。だからあいつはあの時……」「大丈夫、ちょっと休めばすぐに元気になるから」「今なにかが……いや、気のせいか」「まさかね」

激しい戦闘音の聞こえるエリアを前にしてマリアと二人、お互いに顔を見合わせながら死亡フラグを乱立していく。

「……ねぇ、ユウ」

「……なに?」

ふと不意にマリアがしおらしく……普段の彼女からは想像もできないほど不安気に声を掛けてく

るのに振り向き——

「雑に乱立したフラグは折れるんだぜ！」

「知ってる！」

——二人で顔を見合わせ、笑い合いながら死地へと飛び込んで行く。

▼▼▼▼▼▼▼

「ぬぅ……」

「時間切れですかね？」

彼はそろそろ宣誓スキルのデメリットで死ぬでしょう。

こちらはエレンさんと王女を庇いながら攻撃を躱していくだけでしたからね、とても簡単です。

「……相変わらず私の想《拳》いは届きませんか」

「そうですね、ではそろそろさよなら——」

「——《エクストラ・ヒール》!!」

……あぁ、とうとう来ましたか。待ちわびましたよ？

おそらくマリアさんのものでしょう、回復魔術が飛び変態紳士さんを全回復させるのを見ながら

二人が来たのを悟ります。

「そういえば協力するんでしたな？」

「そうですよ、勝手に死にそうにならないでください」

「落ち着け、落ち着くんだ……僕はやればできる子元気な子……！」

やはりユウさんとマリアさんの二人でしたね。

どうやら当初の予定では共闘するつもりが変態紳士さんが先行し過ぎたみたいです……なにやら変な挙動をしているユウさんはいつも通りなので放っておきましょう。

「……よし！　レーナさん、覚悟はいいですか？　僕はいいですよ」

「レーナさんに勝って言うこと聞いてもらいますからね？」

そう言って二人はそれぞれ武器を構える……ユウさんが指示棒のような短い杖でマリアさんが自身の身長よりも少し高く、先が湾曲して引っ掛けやすい杖ですね。

「――『武の理《ことわり》・杖身《じょうしん》一体』!!」

「《放送事故》!!」

まずマリアさんが上級クラス専用の強化を使用し、ユウさんが走り出そうとしたこちらへ向かって魔術を発動します。

本当に相変わらず効果がわからな――

『ただいま映像に乱れが出ております』

――なるほど、視界がこの文字だけになりましたね。

ほぼ目隠しされた状態で戦わないとダメですね、これは……彼ら三人を一度に相手するには本気を出すしかないようです。

「『身体強化・虐殺器官』、『精神《しんい》感応・魔統』、『自己改造・凶気薬』」

「《呼応共鳴・慈母献身》、《神意宣告・神敵討滅》、《付与全体化》、《炎熱攻勢》、《炎熱守護》、《ハ

イエンチャント・グローリープロミネンス》、《ハイエンチャント・ライトディヴォーション》」

「《圧倒的成長力》、《付与全体化》、《ハイエンチャント・フィジカルパワー》、《ハイエンチャント・フィジカルバリア》、《ハイエンチャント・アクセラレータ》、《ハイエンチャント・インテリジェンス》」

「《被虐体質》、《付与全体化》、《ハイエンチャント・セイクリッドオーシャン》、《ビルドアップ》」

お互いに情け容赦なくガンガン強化と付与によるバフを積み重ねていきます。

変態紳士さんの殴打を井上さんから教えてもらいながら避け、三田さんが示す方向へ投擲しつつ、お互いに妨害しますがそれぞれがそれぞれの対抗手段で防ぎます。

「《熱線》！」

「《蒼黒五連《そうこく》》！」

三田さんに引かれるままに首を傾けマリアさんの魔術を躱し、井上さんに動かされるままに変態紳士さんのスキルに対して《爆炎四刃《しじん》》で相殺《そうさい》して残りを《流水》で受け流す。

「ちょっとユウ！　本当に見えてないいんだよね?!」

「そ、そのはず……」

「ハッハッハッ、いやはや愉快愉快!!」

自身に薬でドーピングを施し、王女を背中に背負う。

エレンさんを糸でグルグル簀巻《すま》きにして空中を絶えず移動させて庇い、変態紳士さんが突き込む右拳を首を逸らして避けながら右手を手首に添え、左手で彼の肘を掴み引き回して壁にぶつける。

「《ハイヒール》、《赫灼天》！」

「《火に油を注ぐ》！」

相変わらずユウさんの魔術がわかりません……ですがそれによりマリアさんの赤白い火球が一回り大きくなったイメージが従魔たちより伝わってきますね。

「か〜ら〜の〜？」

「《魔術憑依《ひょうい》》！」

「来ましたな！　《水爆》!!」

「っ！」

まさか魔術を憑依させるとは……本当にユウさんは予測がつきませんね。圧倒的破壊力を秘めた変態紳士さんの攻撃を現時点で使える全ての防御スキルで威力を弱めてから受け流す。

「……っう！」

物凄く痛いし熱いです……掠っただけで一気に皮膚が重度の火傷《やけど》により破裂し、汁と一緒に血を飛び散らせますが、それすら蒸発する熱量だとは。もしやマリアさんは色んな意味で火力特化なのでしょうか？　回復や補助もできるようではありますが。

「やって……くれるじゃありませんか！」

屋敷中に鋼糸を張り巡らせ行動阻害と僅かな空気の振動から彼らの動きを読む。

変態紳士さんの蹴りをしゃがんで避け、上を通過する時に立ち上がって脚を掴み取り、そのままマリアさんの放った魔術へ向けて投げ飛ばす。

ユウさんの意味のわからない魔術によって現れた全身タイツの頭のおかしな人たちに関しては一人ずつ確実に処理していくしかないでしょう。

「ハッハッハッ、本当に愉《たの》しい御仁ですな?!」

「私も前に出る！」

「了解！《税金投入》!!」

相変わらず視界が回復しないまま変態紳士さんとマリアさんの猛攻を捌いていく……放たれる右ストレートを前進しながら躱して短刀の柄で顎を殴り付けるカウンターをお見舞いします。

突き込まれる杖に刃を立てて逸らし、手首の返しで湾曲した部分に短刀を引っ掛けて引き寄せ、マリアさんの鳩尾につま先を埋め込む。

「ぬぅ！」

「ぐっ、げぼっ……！」

ユウさんに毒針を複数投擲しながら変態紳士さんの足払いを跳んで躱し、空中で横薙ぎに振るわれる杖に糸を絡めて勢いを殺す。

そのまま速度の遅くなった杖を足場として跳躍し、距離を離してユウさんに再度牽制の毒針を投擲しながら鉄球を《流星・改》によって前の二人に向けて投げ飛ばす。

「ゼェイア!!」

それを相殺するべく掛かりきりになった変態紳士さんを捨て置いてマリアさんへと突撃します。

振り下ろされる杖を腕を交差して手の甲と手首の間で受け止め、それを斜め下に引っ張り前のめりになった彼女の顎を蹴り上げ首を短刀で狙います——が、ユウさんからの魔術であろうと思われる、床から勢いよく噴く熱湯をバックステップで避けます。

「ぬぅあ!!」

ユウさんとマリアさんへと毒針を投擲しながら変態紳士さんの回し蹴りをしゃがんで避け、それによって崩れる壁を横目に予備の短剣で膝裏を貫き固定します。

「しまっ――」

そのまま変態紳士さんの首を短刀の一撃で刎ね、落ちた首を蹴り上げてこちらへと向かってくるマリアさんへと飛ばし、胴体へと爆薬を詰めてユウさんへと投擲します。

「わわっ、ごめんなさい！」

「《世間《せけん》との壁》！」

マリアさんは謝罪をしながら変態紳士さんの首を杖で弾き飛ばし、ユウさんは魔術で爆発を凌ぎましたね。

「……さて、あとはお二人さんだけですよ」

「あちゃ～」

「マジか～」

二人とも落胆してみせますがその顔は笑っています……ふふ、私も楽しいですよ？　次はどうしますか？

「……まぁでも、負けないけどね？」

「最後まで諦めませんよ？」

あぁ、本当に楽しい……これは終わった後で二人のお願いを聞いてあげなければなりませんね。

▼▼▼▼▼▼▼

「《宣誓・私は自分の好きを見つめる者《宣誓・僕は自分の好きを追い求める者》》!!」

艶やかで幼い笑顔を浮かべるレーナさんを見据えながらユウと二人で切り札を切る。

レーナさんの短刀からの振り下ろしによる妨害を杖で弾きながら、詠唱を続けていく。

「《宣誓・私は相手の好きを応援する者《宣誓・僕は相手の好きを否定させない者》》!!」

＝＝＝＝＝＝＝＝＝＝＝＝＝＝＝＝＝＝＝＝＝＝＝＝＝＝＝＝＝＝＝

名前：マリア　Lv．61《＋30》

状態：献身《特定の相手に尽くす毎にHP継続回復：最大2％／5s》

完全燃焼《STR上昇：特大・INT上昇：特大・攻撃に火炎属性：極大・火炎属性の与ダメージ上昇：極大》

理想女性《INT上昇：特大・DEX上昇：特大・攻撃に光輝属性：極大・光輝属性の与ダメージ上昇：極大》

杖身一体《STR上昇：特大・INT上昇：特大・攻撃時ランダムで魔術発動・魔術の与ダメージ上昇：極大》

慈母献身《全ステータス上昇：少・強化効率上昇：大・継続回復：中》

神敵討滅《全ステータス上昇：小・カルマ値：悪の敵に対する与ダメージ上昇：大・継続回復：中》

属性付与《攻撃に火炎属性：極大・攻撃に火炎属性：特大・攻撃に火炎属性：大・攻撃に火炎属性中・攻撃に火炎属性：小・攻撃に火炎属性：極小》

属性付与《攻撃に光輝属性：極大・攻撃に光輝属性：特大・攻撃に光輝属性：大・攻撃に光輝属性：中・攻撃に光輝属性：小・攻撃に光輝属性：極小》
炎熱攻勢《攻撃に火炎属性：中・攻撃力上昇：中》
炎熱守護《火炎耐性上昇：中・防御力上昇：中》
神聖攻勢《攻撃に光輝属性：中・攻撃力上昇：中》
神聖守護《光輝耐性上昇：中・防御力上昇：中》
強化付与《ＳＴＲ上昇：特大・ＶＩＴ上昇：特大・ＡＧＩ上昇：特大・ＩＮＴ上昇：特大・ＤＥＸ上昇：特大》
強化付与《切断強化：大・打撃強化：大・命中率上昇：大・回避率上昇：大》
宣誓：愛屋及烏《あいおくきゅうう》《ＳＴＲ上昇：極大・ＩＮＴ上昇：極大・常時ＨＰ減少：３％／１ｓ》
＝＝＝＝＝＝＝＝＝＝＝＝＝＝＝

もうこれで後には引けない……ここで全力でレーナさんを退けて王女様を助ける！

ついでに傀儡領主も倒す！　それがレーナさんが最も楽しめることだと信じて！

「《次回をお楽しみに》！」

「《赫灼杖》！」

ユウから次の攻撃の威力がランダムで等倍から七倍に膨れ上がる支援をもらってから攻撃スキルを発動しながら突撃する。こちらへ迫りくる糸を燃やし尽くして迎撃し、レーナさんへと杖を回転させてから石突で下から突き上げる。

「ふふ、楽しいですね？」

それを短刀の柄で横から殴られることで逸らされてから踏み込まれ、手首の返しで短刀を振り下ろされるのを杖を引き寄せガードする。

あぁっ——無邪気に笑うレーナさんが素敵です！

「そうですね！　ユウもそう思うでしょ?!」

「ははは、そうだね……ビックリするぐらい楽しいよ！《先輩呼ぶから》！」

後ろのユウへと大声で問い掛けると元気な声で同意してくれながら魔術によって強面《こわもて》の学ラン着た……や、ヤンキー？　の人が現れてレーナさんへと殴りかかる。

「相変わらずユウさんはビックリ人間ですね？」

「いやぁ、それほどでも……」

「ユウは後で締める」

「なんでよ?!」

だって鼻の下伸ばしてたし！　レーナさんに褒められて伸ばしてたし！

そんなアホな会話を合間に挟みながらレーナさんが投げてくる先輩の遺体を遠くへ弾き飛ばし、短刀の突きをバックステップで回避して、投擲される毒針を杖で弾いてから《業火《ごうか》連弾》で前方を全て爆撃する。

「っ?!」

しかしながら爆煙が収まりきる前に鉄球が空気を破裂させながら飛び込んでくる。

それを《爆轟》で迎撃するが予想通り中からヤバい色の粘液と煙が噴き出す。

「《空気清浄機》！　《大掃除》！」

「ナイスユウ！」

　ユウが即座に毒ガスと毒粘液の無効化をしてくれたのを幸いに再度レーナさんへと突撃する。

「本当に楽しませてくれますね？」

「楽しませているんです！」

　接敵する直前に杖を床に立てて棒高跳びのように跳躍してはレーナさんの背後へと着地する。

　そのまま腰へと石突を突き込む――が、まるで見えているかのように右足を軸に時計回りに半回転して躱され、その勢いのまま短刀を横薙ぎに振るわれるのを首を反らして凌ぐ。

「くぅっ⁈」

　急ぎ手元に杖を引き戻そうとするが足で踏まれて前のめりになったところで顎を蹴り上げられ、腕を掴まれて握り潰されながら背負い投げを受ける。

「ふっ！」

　上から頭を踏み砕かんと迫る蹴りを急いで起き上がり、そのまま前転することで避けながら距離を取る。

「はぁはぁ……ユウ、ＭＰはまだ大丈夫？」

「……そろそろ切れる」

「私も」

　まさかＨＰよりも先にＭＰが切れそうになるとはね……まぁレーナさんを相手するのに回復や支援は必須だし、特にユウの支援はなかったらもう既に詰んでたレベルだし。

……おかしいな、こっちの方がレベルもバフの量も多いはずなのに。

「ということでレーナさん、残念ながら次で最後です」

「それは残念ですが構いません。充分に楽しめました」

「僕は疲れましたけどね……」

ユウの弱気な発言はいつものことなので無視するとして、相手はレーナさんだし本気出しても王女様は守ってくれるでしょう。

「……これが最後の支援だよ《税金投入》《押し付け》」

「ありがと」

毎度お馴染み名前ではどんな効果なのかわからないけど、自身のステータスを任意の数値で譲り渡す魔術と、自分にかかっている強化や付与を相手へと移す魔術を発動してからユウは近くの壁へと寄りかかる。

「さて、レーナさんいきますよ！」

「えぇ、遠慮なくどうぞ」

ユウの支援によって今自身ができる最高以上の攻撃を放つべく、詠唱を開始する――

『偉大なる七色の貴神が眷属たる太陽神ガーヴェスよ　御身を信仰し　御身の敵を討ち滅ぼし御身の子羊を護るはマリア――がっ⁈!」

「ぐぇっ⁈!」

――が糸に首を絞め上げられ、キャンセルさせられてしまう。

「いや、さすがに王女様が死んでしまいますのでね？　……まぁ楽しかったですが」

えぇ、それはないですよレーナさん……。

そんなことを思い、ユウのカエルの潰れたような呻き声をＢＧＭにリスポーンする。

▼▼▼▼▼▼

「「……」」

負けてしまった。マリアと二人で頑張ったけどレーナさんには勝てなかった……しかも最後の方はなんとも締まらない幕切れだった。

「……負けちゃったね」

「そうだね……」

『始まりの街』の神殿跡地で二人して大の字になって寝転がり、空を眺めて同時に溜め息を吐く。

「フラグを乱立したんだけどなぁ……」

「……建造し過ぎて互いに補強しあったんじゃない？」

「あー……かも知れないね？」

乱立したフラグは折れるけど、補強しあったんじゃ仕方ないかなとも思う。

「でもさ……」

「……うん？」

不意に彼女が声を落としてこちらへ振り向く……どうしたのかと顔を横に倒して、マリアのガワだけは可愛い顔を眺める。

「……楽しかったよね！」

「……そうだね、楽しかったね」

負けたのは悔しいし、結局王女様も助けられなかったし、傀儡領主は倒せなかった……けれどマリアと協力してレーナさんに立ち向かうのは小さい頃まだ難しかったゲームのボスに挑むみたいで楽しかった。

「レーナさん楽しんでくれたかな？」

「めっちゃ楽しんでたじゃん」

わかってるくせに……すごく嬉しそうに言ってるくせに……まぁしょうがないな、だってマリアだし？　打たれ弱いくせにすぐに調子に乗るし？　それに今は気分がいいし？

「……また『遊ぼう』ね？」

「……そうだね、レーナさんとマリアと僕と……『遊ぼう』ね」

お互いに顔を見合わせ笑い合う……とても悔しくて楽しかった余韻に浸りながら——

「……なんかめっちゃ爆発音が聞こえるんだけど」

「奇遇だね、僕もだよ……」

——大気を震わせ、こちらの身体を打ち付けるかのような爆発音が街中に響く。

レーナさん、今度はなにをしでかしたのさ……そんなことを思いながらマリアと笑い合う。

幕間．公式掲示板　その１

【王都に】総合雑談スレ 254【到着！】

78. 名無しの冒険者
>> 74
確認したわ、本当に軍隊がいるな
だれかクエストのフラグでも立てた？
79. 名無しの冒険者
知らんけど、NPC が必死に道を空けろって言ってるのに誰も動かないのは笑う
80. 名無しの冒険者
>> 79
誰一人として動かないの草ですよ
81. 名無しの冒険者
てかこの軍隊の司令官王太子なんだな
やっぱり誰かクエストかイベントのフラグ立てただろ
82. 名無しの冒険者
王太子と聞いて全力ダッシュするプレイヤーたちは草
83. 名無しの冒険者
そしてさらに困惑する NPC
確か NPC って自分たちは本物の人間だと思ってて AI だって自覚ないんだろ？
84. 名無しの冒険者
>> 83
確かそう
85. 名無しの冒険者
日本で言ったら皇太子殿下が居るから道を空けろって言ってんのに全力ダッシュで向かってくる国民……というより外国人
86. 名無しの冒険者
そう言われると俺たち頭おかしいな？
87. 名無しの冒険者
NPC「道を空けてくれ！」
プレイヤー「なんかのイベントかぁ〜？」
NPC「お願い！ 道を空けて！」
プレイヤー「誰かフラグ立てたぁ〜？」
NPC「ここには王太子殿下が居るのよ！」
プレイヤー「マジで？！（全力ダッシュ）」
NPC「ファッ？！」
こうか……そら困惑するわな w
88. 名無しの冒険者
兵隊さんもれなくみんな警戒態勢入ってて草
89. 名無しの冒険者
あっ
90. 名無しの冒険者
えっ
91. 名無しの冒険者
なにが起きた？

声張り上げてた指揮官クラスと思われる NPC の頭がいきなり吹っ飛んだんだけど……
92. 名無しの冒険者
>> 91
えぇ？（困惑）
93. 名無しの冒険者
犯人がジェノサイダーちゃんに五万ジンバブエドル！
94. 名無しの冒険者
賭けになんねぇだろ w
95. 名無しの冒険者
案の定ジェノサイド始まってて草ァ！
96. 名無しの冒険者
糸使いは強キャラ

97. 名無しの冒険者
もうこの子やりたい放題で草生えますよ
98. 名無しの冒険者
自由過ぎて草
99. 名無しの冒険者
公式がホームページで『どんな内容のプレイでも関知しない』みたいな旨を書いてるからね、仕方がないね
100. 名無しの冒険者
なんで軍隊相手に無双できるんですかねぇ……？
101. 名無しの冒険者
思うんだがジェノサイダーちゃんは多分対人特化したビルドにしてんじゃないかな？
102. 名無しの冒険者
そういやジェノサイダーちゃんがモンスターと戦ってるの見たことないな……あの子だいたい人しか殺してない気がする
103. 名無しの冒険者
ファンタジー RPG でモンスター倒さず人を殺すのか……てか真面目にそろそろ離れた方がいいんじゃないか？
104. 名無しの冒険者
バカ野郎！ 俺は最後までジェノサイダーちゃんの勇 s
105. 名無しの冒険者
あれ、死んだ？
106. 名無しの冒険者
おーい？
107. 名無しの冒険者
し、死んでる……！
108. 名無しの冒険者
草
109. 名無しの冒険者
おそらく鋭利な糸でバラバラにされたんやろなぁ……
110. 名無しの冒険者
今まで糸とか使ってなかったし、この前のイベント報酬だろうね
111. 名無しの冒険者
個人ポイント獲得上位者でギリギリ手に入るかってぐらい高いけど、どれも性能良かったもんな
112. 名無しの冒険者
ジェノサイダーちゃんと絶対不可侵領域はそのレベルの装備を複数持ってる可能性が高いのか……
113. 名無しの冒険者
プレイヤーメイドと違って追加効果は一つしかないから生産職が要らなくなるわけじゃないけど……単純な攻撃力とか防御力とかは現時点では最強クラスなんだろ？
114. 名無しの冒険者
>> 113
そうそう、しかも生産職に頼めば追加効果を増やして基本スペックも上げられるという……
115. 名無しの冒険者
奴らが基本的にソロプレイなのが救いだな……

【王都の次は】総合雑談スレ 272【他国だ！】

214. 名無しの冒険者
>> 212
やーい、お前の陣営数が多いだけー！
215. 名無しの冒険者
>> 214
かんたァァァァァァァァァァァ！！！！！！！
216. 名無しの冒険者
いや、普通にハンネスたちとか居るし！　数だけじゃねーし！
217. 名無しの冒険者
なに遊んでんだよ w
218. 名無しの冒険者
まぁ、確かにここ最近の体たらくを見てると数だけの陣営とか言われても仕方がないけどなぁ……
219. マリア
そんな皆さまに朗報ですよ……！
220. 名無しの冒険者

お？ 秩序のナンバー２がいきなりどったの？
221.マリア
今ですね、ジェノサイダーさんはこの国の王女様を攫って何かしようとしています……それを邪魔してやるんです！

今から王城に乗り込んで阻止するのは難しいので、ジェノサイダーさんが行くであろうバーレンス辺境伯の屋敷に集合してください！
222. 名無しの冒険者
なんかサラッととんでもないこと言われた気がする
223. 名無しの冒険者
奇遇だな、俺もだ
224. 名無しの冒険者
陣営のトップはみんな話が通じないから……
225.マリア
あ、ごめんなさい！ つい興奮してしまって……。
とりあえずいつも好き勝手やられて悔しくありませんか？
226. 名無しの冒険者
まぁ……悔しくないって言ったら嘘になるな……
227.マリア
そうですよね？！いつもこっちが攻められているので、今度はこっちから攻めてやりましょう！
詳細はここに纏めておきました！ →：http:// ＊＊＊＊＊＊＊＊＊＊
言わばこれはプレイヤーイベントです！
228. 名無しの冒険者
ふーん、面白そうじゃん……
229. 名無しの冒険者
でもジェノフーたちが怖いよな……
230.マリア
大丈夫です！ ジェノラーたちには「神が失敗するとでも?」と言って封じ込めてきました！
231. 名無しの冒険者
なにこの子怖い……フットワーク軽すぎでしょ
232. 名無しの冒険者
あのジェノラーたち相手に交渉とか逸材だわ……
233. 名無しの冒険者
それだけ本気って事ね
234.マリア
それはもう本気ですよ！
235. 名無しの冒険者
じゃあ俺も参加しようっと
236. 名無しの冒険者
んじゃ俺もー、どうせ負けても楽しけりゃいいや
237.マリア
……そうですね、とりあえず参加しても損はないはずです。
238. 名無しの冒険者
俺ら数だけは多いからな〜
239. 名無しの冒険者
俺は本気で頑張るぞ！
240.マリア
では皆さん、当日にまた会いましょう！
241. 名無しの冒険者
元気な子だったなぁ？
242. 名無しの冒険者
面白そうだし、参加だけでもしてみるわ
243. 名無しの冒険者
この温度差よ……
244. 名無しの冒険者
当日のあの子の演説聴いたら帰るわ w
245. 名無しの冒険者
もし演説が良すぎて帰りたくなくなったらどうすんだよ？ w
246. 名無しの冒険者
ないない w

247. ユウ
どうかなー？ w

【今こそ】総合雑談スレ 272【秩序の意地を魅せる時！】

87. 名無しの冒険者
おら！ マリアお嬢ちゃんの発破聞いたろ？！
お前らやるぞ！
  88. 名無しの冒険者
  >> 87
  あれあれ？ 当日演説聴いたら帰るわとか言ってなかった？ あれあれ？
89. 名無しの冒険者
うるせぇ！ 人間なんだから心変わりぐらいあるだろ！
90. 名無しの冒険者
まぁ女子高生くらいの女の子にあそこまで言われたらなぁ……女子高生だよな？
91. 名無しの冒険者
不覚にも惚れたわ
  92. 名無しの冒険者
  おまわりさんこの >>91 です
93. 名無しの冒険者
待ってくれ！ 違うんだ！
94. 名無しの冒険者
まぁちっこいのに頑張ってて可愛くはあったな w
95. 名無しの冒険者
あれ身長 150 も無いだろ
96. 名無しの冒険者
下手したら中学生……いや、小学生の可能性あるし通報は妥当
97. マリア
私はピッチピチの JK ですよ？！
98. 名無しの冒険者
本人降臨草
99. 名無しの冒険者
あの身長で高校生は無理があるでしょ……
100. 名無しの冒険者
ユウって奴に噛み付く時もピョンコピョンコしてたしな w
101. 名無しの冒険者
演説する時も台の意味がほぼ無い w
  102. マリア
  >> 99
  >> 100
  >> 101
  あなた方には最前線に行ってもらいます
102. 名無しの冒険者
報復人事で草
103. 名無しの冒険者
最前線送りは酷すぎる w
104. 名無しの冒険者
というよりマリアちゃんあの身長で JK なのか……ありだな。
  105. 名無しの冒険者
  マリアちゃんこの >>104 です
106. マリア
ギルティ
107. 名無しの冒険者
待ってくれ！ 違うんだ！ 俺はロリコンじゃない！
ただ貧乳で低身長の子が好きなだけなんだ！
108. マリア
ひ、貧乳じゃないし！ ちゃんと A カップ以上はありますし！ 大体どこがロリなんですか！

……身長確かに少し平均よりも低いかも知れませんけど……

109. 名無しの冒険者
やっぱりロリじゃないか！
110. 名無しの冒険者
それでJKは無理があるw
111. マリア
あなた方で懲罰部隊を組んでもらいます
112. 名無しの冒険者
マリア様は素晴らしいレディです！
113. 名無しの冒険者
マリア様は大人の女性です！
114. マリア
よろしい
145. 名無しの冒険者
なんだこれはぁ……w
146. 名無しの冒険者
変な宗教できてきたw

【我らが聖母】総合雑談スレ281【マリアちゃん】

231. 名無しの冒険者
……今のなに？
232. 名無しの冒険者
マリアちゃんが上級クラスの特殊スキル使ったと思ったら《神託》スキルを使ってて……それで気が付いたら離れてたのにHPが八割削れてた
233. 名無しの冒険者
なぁに？ あの火力ぅ……敵どころか建物と地面丸ごと溶けてっていうか融けていったよ？
234. 名無しの冒険者
巨神兵なの？
235. 名無しの冒険者
本人やり過ぎたとか言ってて草
236. 名無しの冒険者
聖母マリアちゃん万歳！
237. 名無しの冒険者
万歳！
238. 名無しの冒険者
なんか宗教できてるw
239. 名無しの冒険者
あれだけ小さい身体をピョンコピョンコさせながら元気いっぱいで、俺らオタクに偏見が無くて、演説がかっこよくて、可愛くて、バブみがあって、超火力……惚れる！
240. 名無しの冒険者
てかあの小さい身体からあの超火力はギャップありすぎてヤバいw
241. 名無しの冒険者
幼女キャラが大剣やハンマー振り回すのに似たロマンを感じるw
242. 名無しの冒険者
そしてジェノサイダーちゃんだけじゃなくて聖母ちゃんとも仲の良いユウは更なるヘイトを溜めるのであった……
243. 名無しの冒険者
アイツそろそろ刺されるんじゃねぇかな……
244. 名無しの冒険者
ユウって奴に同情……しねぇわ刺されろ、っていうかアイツのスキルなんだよ
245. 名無しの冒険者
聖母ちゃんの後始末してるのはわかるけど全然何してるのかわからねぇの草生える
246. 名無しの冒険者
演説の時も思ったけど『公共魔術』ってなに？
247. 名無しの冒険者
これが……イロモノ枠のユウ……！！
248. 名無しの冒険者
嫉妬はするけど、絶対俺らよりユウって奴と遊んだ方が楽しいじゃんw
249. 名無しの冒険者

てかコイツはなんでここまでのネタスキルを使いこなせるんだよｗ
250. 名無しの冒険者
ジェノラーからも逃げ切ってたし、地力はあるんやろなぁｗ
251. 名無しの冒険者
絶対許さんけどな(歯軋り)

【敗けた】総合雑談スレ289【しかし悔いはない！】

341. 名無しの冒険者
かぁー、敗けたかあー！
342. 名無しの冒険者
本気で悔しいんだが？ ……誰かに敗けて本気で悔しいと思ったの久しぶりかもなぁ
343. 名無しの冒険者
聖母ちゃんの言う通りにどこかで言い訳してたんだろなぁ
344. 名無しの冒険者
まさか領主館ごと爆破するとは思わないじゃん？ もはや爆弾魔でしょ
345. 名無しの冒険者
敗けたけど清々しい気分だわ
346. 名無しの冒険者
俺も
347. 名無しの冒険者
聖母ちゃんには感謝せねば
348. 名無しの冒険者
聖母ちゃんがケツ叩いてくれなかったら、これからもこのゲームも心の底から楽しめなかったと思うわ
349. 名無しの冒険者
これからもゲーマーとしてレイドボスに挑み続けてやる！
350. 名無しの冒険者
>> 349
レイドボスって？
351. 名無しの冒険者
>> 350
ジェノサイダーに決まってんだろ
352. 名無しの冒険者
草
353. 名無しの冒険者
まぁ……うんｗ
354. 名無しの冒険者
俺マリア教に入信するわ
355. 名無しの冒険者
>> 354
なんぞそれｗ
356. 名無しの冒険者
知らんのか？ 正式名称は違うけどジェノサイダーのジェノラーみたいなものがあるんだよ
357. 名無しの冒険者
マジかｗ俺も入るわｗｗｗ
358. 名無しの冒険者
聖母ちゃんはなんかこう……悪い男に騙されそうな危うさがある……
359. 名無しの冒険者
わかるｗ
360. 名無しの冒険者
だからワイらが見守らないとアカンのや！
361. 名無しの冒険者
(見た目完全に事案なんだよなぁ……)
362. 名無しの冒険者
草
363. 名無しの冒険者
ジェノラーといい、マリア教徒といい……アホしか居らんなｗ

第三章．新しいお友達

「あー、楽しかったですね！」

「……そうかい」

ユウさんとマリアさんの二人を鋼糸で首を絞め折って殺した後、清々しい気持ちで声を出すとエレンさんが暗い声で応えます。

「どうかしましたか？」

「なんでもっ……ヴォエ！」

「あー……」

そういえば糸でグルグルに巻き付けて雑に扱いましたね……視界を奪われていたものですから細かい配慮ができませんでした。反省です。

「王女様……もグロッキーですね」

「……ぅ」

小さく呻き声を発するのみで反応がありませんし、首を横に倒してぐったりしていますね？

まぁ、彼女は私の背に背負われていましたので激しい戦闘行動の影響をモロに受けたのでしょう。

「でも勝ちましたね」

でも勝てたのでよかったです。嬉しい……嬉しい？　……そうですね、嬉しいです。

楽しく戦えて、楽しく勝てて嬉しかったです。

「二人には感謝せねば」

「あ、そう……」

エレンさんがこちらをなんとも言えない目で見てくるのが少し気になりますが、本当に楽しかったので良しとしましょう！　さて、そうとなれば後はゴミ掃除ですね。

「じゃあエレンさん、脱出しますよ」

「……マジですんのか？」

「？　当たり前じゃないですか」

「……そうかい」

ちゃんと打ち合わせまでしたのになにを今更……まぁ、いいです。

エレンさんと王女様を担いで崩れ落ちた壁から糸を近くの尖塔まで括り付け、その上を走りながら上空へと特大の花火を打ち上げます。

「合図が出たぞー！」

「退避ー！」

「撤退だ！　引けー！」

対抗薬を持っていないプレイヤーにしか効かない麻痺毒を屋敷中に上からばら撒き、時に糸に塗った物を直接付与し、行動を縛ります。

「……マジですんのかぁ～」

「いい加減に諦めてくださいよ」

大体の領軍が退避したところで地下室へと続く糸を手繰り寄せて引っ張り、仕込んだ自分でも頭がおかしいんじゃないかと思うレベルの量の爆薬を起爆して——鍋を頭に被ってから殴られたような衝撃と爆音に身体を揺さぶられる。尖塔の屋根の上で身体に糸を巻き付けて落ちないようにしてその光景を眺めながらエレンさんと会話を交わす。

「おー、プレ……渡り人の皆さんが吹き飛んでいきますよー」

「……普通領主の屋敷ごと吹き飛ばすとは思わんだろうさ」

文字通り屋敷と一緒に木っ端微塵になるプレイヤーたちを眺める。

「……さらば、愛しのベッドよ」

「？　寝るのが好きなんですね？」

「……お陰様でな」

為す術なく吹き飛んでいくプレイヤーたちの思いつく限りの罵声とレベルアップ通知を聞き流しながら、その場を離れます。

▼▼▼▼▼▼

「読み上げます」

ブルフォワーニ帝国の帝都にある皇城……その謁見の間にて俄に緊張を帯びたエルマーニュ王国第一王女の使いと名乗る者が書状を広げる。

「ブルフォワーニ帝国は領内のエルマーニュ人を不当に差別し迫害している。これを看過することはできない。エルマーニュ王国はフェーラ・ディン・エルマーニュ第一王女の名の下に自国民保護のため、貴国に宣戦布告をする」

一息に使者が言い切った後も謁見の間は静か……いや静か過ぎる。誰もが口を閉ざし黙って使者を睨み付け、皇帝の判断を待つ。

「……その使者の首を塩漬けにして送り返せ」

「御意《ぎょい》に」

「お、お待ちを?!」

そう命令を下した皇帝は次に総動員を発令し、戦争準備を各諸侯へと通達……過激派の将軍や大臣が喜び勇んで戦準備《いくさ》へと走る。

「戦争はしたくなかったのだがな……」

謁見の間から離れた皇帝は独りごちる……領土拡大よりも国内の安定を求めた穏健派といえども、ここまでキッパリと向こうから宣戦布告されてしまえば過激派の部下や家臣たちを抑えつけておくことなどもはやできない。

「部下たちが暴走するまであと数年は持つと思ったのだが、まさか向こうから……それも王女からとは誰が予想できようか……」

深々と疲労の色が濃い溜め息を吐き出しながら自室のソファーへと身体を沈め、嘆く……やっと先帝が拡大した領土の支配が安定してきた矢先の出来事だ。

「抑止力であったアレクセイ殿も死んだというが、一体なにが起きている?」

運営すら予想できない一人のプレイヤーの動きなど、自分たちが本当の人間ではないことすら知らないＮＰＣたちにわかるはずもなかった。

▼▼▼▼▼▼▼

「き、緊張するなぁ～……」

そんなこと言いながらソワソワするユウを見ながら考える。

今日はあの戦いが終わってから初めてレーナさんに呼ばれた日だ……どんな採点をされてしまうのかめっちゃ怖い。

「は、ははは……ユウはビビりだなぁ」

「……マリアだって声が震えてるじゃん」

だって仕方ないじゃない！　レーナさんと話すだけでも緊張するのに、これからダメ出しされるかもしれないんだよ?!　……うわ、ゲロ吐きそう。

「おや、もう来ていたのですか」

「「っ?!」」

後ろから聞こえたレーナさんの声にユウと二人でビクつく。

冷や汗を流しながらゆっくりと振り向くと思っていたよりも上機嫌なレーナさんが居た。

「「あの時は調子に乗ってすみませんでした……」」

ユウと二人で直角九十度に腰を曲げ謝罪する……だってあの時めっちゃテンション高くてユウと二人なにを言ったのか覚えてないもん！

神殿跡地で笑い合った後そこに気づいて二人して顔を青褪《ざ》めさせたくらいだもん！

「？　なんのことですか？」

「「えっ……」」

え？　怒ってないの？　上機嫌なのはわかってたけど、わざわざレーナさんから私たちを呼ぶ理由なんてそれぐらいしか思い付かなかったんだけど……他になにかあったっけ？

「いや私には負けましたが、最高に面白いサプライズだったのでお願いを聞いてあげよ――」

「「――マジで⁈」」

「……えぇ、はい」

あ、ヤバい……ついユウと二人で食い気味になっちゃった……レーナさん少し引いてるし、その後首を傾げてて可愛い……じゃなくて！　あれは絶対になにか勘違いしてるね。

ここ最近近くで言動見てると、ユウの言うように少し天然入ってる疑惑があるから気を付けないと……一応お嬢様だから世間知らずなのかな？

「……それで、なにかしてほしいことありますか？」

あっ……ヤバいわ、首をコテンって擬音が付きそうな感じで傾げられると破壊力ハンパないわ……この人自分の容姿に自覚ないのでは？

「そ、そうですね……僕は今度検証に付き合ってくれたらそれで……」

「検証ですか……役に立てるかわかりませんが構いませんよ」

「ありがとうございます！」

ぐぬぬ……ユウめ、サラッと次も遊ぶ約束してやがる！　抜け目のない奴め、燃やしてやろうか……。

「それでマリアさんは？」

「あっ……えっと……」

ど、どうしようかな……思い切って友達になってくださいでもいいんだけど……いいんだけどっていうか、それはもう王都でお願いした後なんだけど。

「へいへーい、マリアさんどうするのさー？」

「う、うぜぇ……」

ユウが超うぜぇ……私がこういう時苦手だってわかってて自分は一抜けして煽ってくるぅ！　悔じい～！

「……ほら、友達になってって言えば？」

「そ、そうなんだけど……」

「なんか問題でもあるの？」

そんな大層な物ではない……けど、私が気になって仕方がないというか……とにかくそれよりも大事なことがあるのよ！

「よし……邪魔だからユウは帰ってて」

「なんで?!」

いや、なんというか……恥ずかしいし？　ユウを邪険にするわけじゃないけど、恥ずかしいし？

「ユウさんが居たらやりづらいお願いですか？」

「っ?!　……マリア、まさかお前」

「あ、いや……やりづらいのは合ってるけどニュアンスが違うから！」

ちょっとレーナさぁん?! 自覚ないんだろうけどあなた可愛く首を傾げてそういう聞き方すると危ない匂いがしちゃいますからぁ！

「と、とにかくユウはしばらく離れてて！」

「わかったわかった」

この野郎……違うってわかっててニヤニヤしやがってぇ！ この百合豚め！

「それで？ お願いとは？」

「えっと……」

よし！ 頑張れ私！ 友達になってほしいのは山々だけど……それよりも凄く気になることがあるから、仕方がないよね！ そう！ これは決して己の欲望を叶えるためじゃない！

「ひ、ひひひ膝まきゅらをさしぇてくだしゃい！」

「……」

噛んだ……?! 噛んでしまったし、緊張で吃《ども》りすぎてて頭のおかしい変態っぽくなってしまった……終わったよ、もうレーナさんに引かれて嫌われてしまったかもしれない……。

「別にそれくらい構いませんが……」

「ほ、本当ですか?!」

「え、えぇ……」

お、落ち着くんだ私！ レーナさん困惑してるじゃないか！ ゆっくりと慎重に木の根元に腰掛けて膝を叩く……レーナさんは訝しがりながらも素直に私の膝に頭を置く……ヤバい鼻血出そう。

「あ、頭撫でてもいいですか？」

「……どうぞ」

うっわ、ゲーム内なのに心なしかサラサラしてる気がする！　めっちゃ手触りいい……やっぱりレーナさんは女神だったんだなって。

「……てっきりまた友達になってくださいとお願いされるのかと思いました」

「あ、あはは……それでもよかったんですけど、なんだか居てもたってもいられなくて……」

なんだかここ数日間のレーナさん機嫌悪かったし、レーナさんがジェノサイダーだってわかってからも動画を見返したりしたけど……そのどれもが無邪気に楽しそうに『遊んで』いたのに。

それなのに、王女様やメイドさんの辺りでは全然楽しくなさそうだったから……勘違いかも知れないけど、王都で別れてから初めて再会した時も最初は何処か寂しそうでもあったから。

「それはいつもこちらを見ているのと関係が？」

「えっ⁈」

「……もしかして気づいてないとでも？」

まさかいつものストー……ガーディアン任務が気づかれていたなんて……まぁレーナさんだもんね、気づいてないと思い込んでたこちらが悪いよね……おほほ。

「そ、それは……はい、すみませんでした」

「いえ、別に構いませんけどね？」

許されました、私の勝ちです！　……なんてふざけている場合じゃないよ、恥ずかしい～！

「なぜいつもこちらを見ていたんですか？　それがマリアさんだと気づいたのはつい最近ですが」

「そ、それは……できたら友達になれたらなぁって……」

レーナさんと仲良くなりたかったんだもん……でも話し掛けるタイミングとか色々わからなくて、いつも逃してたんだもん……はい、そうです、私が陰キャです。

「それこそ今お願いすればよかったのでは？」

「そ、そうなんですけど……」

それは確かにレーナさんの言う通りなんだけど、ほら……ね？

「……それになんで私なんかと仲良くなりたいと思ったんですか？」

「なんかって……レーナさんは素敵な人ですよ？」

少しだけ……いや、かなり危ない人ではあったけど、それでレーナさんの本質やなにかが変わるわけでもなく……見えてなかった側面のレーナさんを発見できただけだしね。

「周りに興味ないところが……ブレない自分を持ってて格好いいなって思いました」

「……」

まったくクラスメイトの名前すら覚えないし、流行とか追いかけないし、友達のユウの話でもつまらなかったら無慈悲に途中で切り上げるし……周りに流されないのは素敵だなって。

「なのに必死になって周囲を観察して溶け込もうとしているところが……可愛いなって思いました」

「……」

周りに興味ないくせに必死になって観察して真似しようとしてる様は可愛く思えてしまう……ジェノサイダーとして有名になっているところを見るにあれが本性で、でもそれを解放すると現実世界では生きていけないから……自衛の意味もあったのだと今ならわかる気がする。

おそらく周囲に欠片も興味を持てないレーナさんが徹底するくらいだから、誰か大切な人からのお願いでもある……とも思う。

「周りに欠片も興味ないのに、必死になって観察する様が不思議だと思いました」

「……」

人はあそこまで興味の持てない事柄に必死になれるのだと……そう、感心さえしたものだ。

それにですね、ほら、レーナさんは――

「――誰よりも寂しそうだったから」

「――」

周りと関わらないようにしているくせにすごく寂しそうにしてて……それが放っておけなくて、可哀想で、胸が締め付けられて……寂しそうなあの横顔が忘れられなくて……ひとりぼっちで迷子の子どもを放っておけなくて……。

「なにがあったのかは知りませんし聞きません……でも、寂しそうなレーナさんが楽しく『遊んで』いたのが最近は不機嫌だったから……」

「……そうですか」

だからユウと二人で一条さんを笑わせようと……楽しませようと本気で頑張ったんですよ？

レーナさんの髪を指で滑らせながら、自分でも驚くほど本音が滑り出てくる。

「どうですか？　一時でも嫌なことは忘れられて、また楽しく『遊べ』そうですか？」

「……えぇ、お陰様で」

「それは良かったです」

レーナさんの横顔を上から眺めて微笑む……こんな陰キャ女オタクでも憧れの人を笑顔にして、楽しませて……そして心を少しでも軽くできたと思うと嬉しくなって自信が持てる。

「……また、『遊び』ましょうね？」

「……それは勿論です、ユウさんと一緒に」

ちっ……！　やはりここでもユウか?!　やっぱり初めての友達ってポジションは強いのかな？

……なんて、そんなことを思いながらもレーナさんと二人で静かな時間を過ごしていく――

第四章．人でなし

「将軍、最後方の部隊も定期連絡は問題ありません」

「そうか」

エルマーニュ王国第一王女が無謀にも我らが帝国に宣戦布告してから一週間とちょっと……王国侵攻の橋頭堡《きょうとうほ》を築くべく、先遣隊である兵士五千あまりを率いて王国領内へと進軍中に部下からの定時報告に頷く。

「このまま行軍《こうぐん》継続、王都を目指す」

「はっ！」

ふん、まさかあのバーレンス辺境伯が完全な中立を宣言して王国と帝国のどちらの軍に対しても通行許可を与えながら都市を攻めるならば両方を相手をすると啖呵《たんか》を切るとは……今まで散々帝国の邪魔をしておいてなにが目的だ？

「……そろそろ道案内が欲しいな」

「道案内ですか？」

「あぁ、ここは既に完全な敵地……バーレンス辺境伯も信用ならん」

実は奥深くまで帝国軍を引き込んでから王国軍と一緒に攻めてくるつもりやもしれん……今までのことを考えると完全に信用するのはありえないだろう。

「……ん？　そこの貴様、何者だ?!」

「……ボクのことですか？」

前方に変わった形の大剣を背負った長身の男が歩いているのを発見し誰何《すいか》する……その声を聞き部下たちもそれとなく警戒するが、何者だ？

「お前以外に誰がいる？」

「結構いますが？」

「……こいつらは私の部下たちだ」

なぜそんな不思議そうな顔をされるのかわからん……私が間違っているのか？

「ボクはプレ……渡り人でして、これから王都に向かう途中なのですよ」

「ほう……」

なんと渡り人であったか、これは好都合……未だに渡り人がどこかの組織に明確に所属したという話は聞いていない……完全な中立として道案内を頼むのもいいだろう。

「それは結構。では私たちを王都まで案内してくれるかな？　報酬は出そう」

「それくらい別に構いませんが」

「……そうか、それは助かる」

不思議な男だ……さも当然というようにこちらを疑いもせず背中を見せて案内を開始するが、渡り人とは皆こうであるのだろうか？

「ここから王都までは近いのか？」

「そうですねぇ……途中の村や街をスルーすればすぐですよ」

「そうか」

元々バーレンス辺境領と王都までの間には有力な領地もなければ貴族も居ない。

少ない兵をここで各個撃破されるよりは王都に集中して集める方が賢いと言えるので、無視して進んでも挟撃の心配はないだろう。唯一の懸念《けねん》はバーレンス辺境伯の罠かもしれないということか。

「ところで貴様はなんと呼べばいい？」

「……そうですね、エルサレムとでも」

「ふむ、わかった」

変わった名前だな？　本名というわけではなさそうだが……さすがにこんな得体のしれない軍隊に名乗るほど迂闊な奴でもなさそうだな。

「っと、そんなことよりもそろそろ王都が見えてきますよ」

「……そのようだな」

奴の指し示す方向を見上げると王都の城壁が見えてきた……これが我が帝国が長年夢見てきたエルマーニュ王国王都か。

「ふむ、道案内はここまででいいぞ」

「そうですか？」

元々私の今回の目的は王国侵攻のための橋頭堡を確保することだ。王都へは攻め込まずここに陣を張って牽制しつつ、後続の部隊がスルーしてきた村や街を攻略するのを待てばいい。

「ではボクはこれで——おや？」

「……どうした？」

役目は終わったとばかりにここを立ち去ろうとした男が突然動きを止めて神妙な表情を浮かべる

……本当になにがあった？

「あ～、そっかそっかぁ……カルマ値が下がっちゃったんだね」

「……なんだ？　我らが悪の軍隊とでも言いたいのか？」

何処か胡散臭さの漂う口調でこれみよがしにカルマ値が下がったと、そう語る奴の姿に不快感を覚える。確かに戦乱を起こすことは褒められたことではないかも知れないが、宣戦布告してきたのは王国側だ……責められる謂《い》われはない。

「お～、しかも一気にマイナス50以上も……」

「……ふん、それは残念だったな」

そこまで重要なことか？　なぜ我らが悪者であるかのような扱いを受けねばならんのだ……特に変わったところのない男だと思ったのだがな？

「そんなに嫌ならばまた上げればよかろ――」

「――これじゃ君たちを殺すしかないなぁ」

顔を顰めながらまた善行を成して上げ直せと投げやりに言いかけたところで――私の隣で呆れた顔をしていた副官の頭が破裂する。

「……は？」

「君たちをここまで案内したら下がったんだから、君たちを全滅ないし撃退すればまた上がるかなって」

……この男はなにを言っている？　なぜ躊躇なく軍隊に敵対できる？　先程までただ嘆いていただけではないか……カルマ値を元に戻すため？　……意味がわからない！

「っ、狂人め！　全軍戦闘態勢!!」

『『応！』』

「……アシュリーとルワンダは強化をお願いするよ」

奴のマントとネックレスが一瞬輝いたと思った瞬間には既に奴の姿はなく、背後から配下の悲鳴が響き渡る……ただの優男《やさおとこ》ではなかったか！

「全軍ツーマンセルを基本とし――」

「――おっと先ずは頭から潰さないとね」

全軍へと指示を出しているとすぐ横から男の声が聞こえ急いで振り返ると……私の視界は上下逆さまになっており、なにも理解できないままそこで意識が途切れる。

『『永遠無敵・我が栄光』』

将軍だと思われる女性の首を手刀で刎ね飛ばして自身に強化を施していく……全体で五千近くは居るかなってぐらい群れてるし、多分必要だろうなって。

「き、貴様ァ?!」

『『魂魄《こんぱく》共鳴・魔統』』

大地を拳で叩き割り密集していた兵士たちを呑み込ませ、揺れによって体勢を崩した兵士の頭を貫《ぬ》き手でぶち抜いてから手首の返しで死体の首を掴んで振り回して包囲を吹き飛ばす。

『『絶対不動・不可侵領域』』

「ヒィ?!」

「ば、化け物ォ!!」

ここまで来たらもう簡単だね……足払いで兵士の足を粉砕しながらその衝撃で背後の者たちまで吹き飛ばす。大地を放射状に踏み割りながら突撃し、兵士の顎を殴り砕き、その者の肉片と一緒に衝撃を飛ばして直線上の兵士たちの腹などに風穴を開ける。

《カルマ値が上昇しました》

「良かった、ちゃんと戻せるみたいだね」

戻せなかったらどうしようかと思ったよ……ホッと安堵の息を吐いてから笑顔で残りを殲滅していく。この分ならヒューリーの出番はないかな？　武器を抜かずとも殲滅できそう。

▼▼▼▼▼▼▼

そろそろ帝国軍も王都に到着するくらいですかね？　当初は一週間だと思っていたのですが、全然来ませんね。あれからユウさんの検証に付き合って準備していたら半月が過ぎてしまいましたし、そろそろ来てもいい頃だと思いますが。

「相変わらず王太子と第二王子は協力できないようですね」

未だに足の引っ張り合いで軍のまとまりがありませんし、第一王女の宣戦布告でさらに王都……というより王国全体が混乱していますね。こんなんじゃすぐに帝国に呑み込まれちゃいますよ？

「……まぁその時は私が帝国軍を間引けば──」

『──愉しそうだね？』

ここからさらに面白くするにはどうするかと思案していると突然周囲の景色が暗いワインレッド一色になり、背後から幼い女の子の声が聞こえてきます。

「……」

『クフフ、いきなりね、刺してくるなんてね、やっぱりね、面白いね？』

ふむ……私はこの方を振り向きざまに刺し殺そうかと思ったのですがいつの間にか逆さまに宙吊りになっていますね？　私の片足を掴んでいるのは目と鼻と口が不規則に浮いたり沈んだりしている肉塊のようで切り刻んでも抜け出せそうにありません。

「……それで？　あなたはどちら様で？」

『私？　私の名前はね、ファニィって言うんだよね、知ってるよね？　何回かね、呼び掛けてたしね』

「……なるほど」

声や名前からして可愛い幼女あたりを想像していたのですが……この、おそらく純朴神ファニィと思われる方は全然可愛くありませんね？

全体的に巨大ですが不自然に顔だけ縦に長く全体の四割くらいを占めるでしょう。

『会えてね、嬉しいよね？』

「どうでしょう？　微妙ですね……」

こちらをしゃがんで覗き込み、頬に手を突いて『コテンッ』と音が聞こえてきそうな感じで首を傾げますが……まず全裸の禿《はげ》だるまですし、瞳は全て艶々《つやつや》とした黒のみで鼻は鷲《わし》のように高く、唇はカサカサで前歯が欠けています……はっきり言って不快なほど醜いです、甲高《かんだか》い幼女の声なのがさらに腹立ちますね。

そもそもなぜ私は純朴神ファニィという、このゲームにおいて最も重要なNPCとも言える存在と邂逅《かいこう》を果たしたのでしょうか。メタ的に解釈するのであれば、カルマ値やなんやらが条件を満たしたと考えるのが妥当ではありますが。

『あのねあのね、私ね、いつもね、あなたのことをね、見てたんだよね？』

「……そうですか」

さて、この状況どうしましょうか……神々はどうやらゲームの管理ＡＩも兼務しているみたいですからさすがに殺せないでしょう。

少なくとも神を殺すのに現時点のレベルやスキルではダメージすら通らないかもしれませんね。

『特にね、今回のはね、いいよね！　王国とね、もしかしたらね、帝国までね、混沌にね、染められるかもね！』

「……染める？」

なにやら知らないゲームの要素があるらしいですね。王国と帝国を混沌に染めるとはどういう意味でしょうか。

『この調子でね、いけばね、私たちのね、領土がね、増えるよね！』

「あー、会話というより一方的に喋っている感じですね？」

まぁ聞く限り陣取り合戦のような感じでしょうか？　これは完全な想像ですが、一定の地域の治安などを悪くするか良くするかで特定の陣営に呑み込まれたりするのかもしれません。

『あー、今からね、楽しみだね？　君はね、これからね、どうやってね、王国とね、帝国をね、堕《お》とすんだろうね?』

「……さぁ?」

こちらを上から覗き込みながら汚く喉を震わせ笑う……その不快な容姿とは裏腹に響き渡る笑い声は透き通った鈴の音のようで違和感が強烈ですね。

『……すごいね! 君のね、カルマ値がね、マイナス300をね、下回ってるね! ここまでね、短期間でね、低くね、した人の子はね、何百年ぶりだろうね?!』

……あ、本当ですね。軍隊を壊滅させたりメイドさんを殺したり、王城を襲撃したり宣戦布告したりで忙しくて確認してませんでしたが、確かに下回ってますね。

『君にはね、愛しき主神もね、期待しているからね? 加護をね、あげるね?』

「……微妙に嬉しくないですね?」

これが想像通りの小さな女の子であるならばなんとも思わなかったのですが、この不快な見た目の神から加護をもらっても複雑ですね……有用であるならば構いませんが。

『じゃあね、またね、いつもね、見てるからね?』

「……おっと」

いきなり場面が切り替わるようにして元の場所に戻りましたね、一回転して着地をします。

「……もう居ませんね?」

本当に突然現れ、会話もせず一方的でしたね……なにかフラグでも立てたんでしょうか?

《カルマ値が下降しました》《新しく神前宣告スキルを獲得しました》《新しく神気憑依スキルを獲得しました》《新しく称号:純朴神の加護を獲得しました》《新しく称号:汚濁斑の卑神の注目を獲

得しました》《新しく称号：超越者を獲得しました》《新しく選択可能なクラスがあります》《一定の条件を満たしたため進化が可能です》《一定の条件を満たしたため従魔たちの進化が可能です》

……なんかいっぱい通知が来ましたね。

混沌の眷属神に邂逅しただけでカルマ値は下がるのかとか本当に加護をもらったとかは置いておいて、なにやら気になるものが多いですね？

「……あー、なるほど」

これは有用どころじゃありませんね、素晴らしいです。

あの醜い神に感謝しなくては……もっと面白いことができそうで楽しみです。

▼▼▼▼▼▼

「さて、帝国軍は……なんか壊滅してますね？」

元の世界に戻ってから王都の城壁にある尖塔の上から『遠見』スキルで見ますが……なぜかさっきまで進軍していた帝国軍が壊滅し敗走しています。

「うーん、勝手に敗走されると困るのですが……」

なんだかよくわからないですが、帝国軍がいきなり敗走してるからなんとかなると、そう王国に調子に乗られて流れが持っていかれても面白くありません。

いきなりの初戦敗退で帝国側が尻込みしてもつまらないです。

「仕方ありませんね、予定よりも大分早いですが手を出しますか」

まずは調子に乗る前に王国側に手痛い被害を与えなければなりませんね。

前に私が壊滅させた辺境派遣軍なんて、王国軍の全体数からしたら微々たるものでしょうし。

「それで？　あなたはいつまでそうしているんですか？」

「……」

尖塔の屋根の端で膝を抱えて蹲る王女に問い掛けますが……先ほどからずっとこんな調子なんですよね、どこか具合でも悪いんでしょうか？

「……どうして私を連れ回すの。もう宣戦布告はしたでしょ」

「そんなの、あなたが観客だからに決まってるじゃないですか」

なんのために宣戦布告して初めから帝国を巻き込んだと思っているのでしょうか？　崩れゆく王国を見せるために他ならないというのに。

「……そんなにあなたのお母様を侮辱した私が嫌い？」

「いいえ？　別にあなたは憎いですけど嫌いではありませんよ？」

「……？」

こちらの返答にようやく顔を上げますがその表情は『なにを言っているのかわからない』と雄弁に物語っていますね。

「母様を侮辱したあなたを赦《ゆる》すことはこれからもありませんし、今も殺したいくらい憎んでいます」

「ならなんで……」

でもだからといって嫌いではないのですよね。

「頭が良く、私を挑発する胆力を持っていながら現状を変える力もなく後は嘆くだけ」

「……やめて」

メイドさんや父親を殺した相手に向かって挑発する豪胆さは……まぁ、年端もいかない少女にしてはよくできた方かなとは思います。利用されるくらいなら殺されようとするのも王族の端くれとしては上出来なのではないかと……ですが。

「私を煽って殺されようとはしますが、ここで飛び降りられない辺りが滑稽《こっけい》です」

「……やめて」

「自分の命すら自分で自由にできない、その半端で賢い愚かさが『人間』って感じで好きですよ」

私が不細工な神に拉致されていた間にここから飛び降り自殺することも可能だったはずですが、彼女はそれを選択しなかった。

怖いというのも勿論あるのでしょうが『王国を引っ掻き回した王女の自殺』なんてどう扱われるのか見当も付かないでしょうから、そこに気づいてしまってできないのですよね？

「なによりメイドさんがあなたを縛っているようですね」

「もう……やめてよ……」

メイドさんの遺言は王女を縛り付けて離さないようですね、彼女の遺言を守るのならば自殺など絶対にできないでしょう。他殺だから仕方がなかったという言い訳は最低限欲しいところです。

「ふふ、あなたの幸せを願ったメイドさんがあなたの不幸の一助となるのはなかなかに愉快ですね」

「……殺してやる」

「無理ですよ」

「……っ」

こちらを憎悪の涙で濡らした瞳で睨み付けながら、できもしないことを宣う哀れな王女を一瞥《いちべつ》して微笑む。驚いた顔で一瞬だけ惚けた後に目を逸らし膝に頭を埋める王女が愛おしい。玩具はやっぱり多機能でなくてはなりませんね。

「……なんで、そんな優しい微笑みができるのに」

「？　優しい？」

……言葉責めが過ぎてＡＩがバグりましたか？　それともマゾヒズムに目覚めた……とかでしょうか？　なにを以て優しいと形容したか不明ですが……そこまで気にするほどでもないですかね。

「まぁ今のうちに泣けばいいですよ、そのうち涙は出なくなります」

「……実感がこもってるのね」

「……」

……とりあえず有力貴族でも暗殺すれば王国の動きはさらに鈍くなりますし、その間に帝国が持ち直すでしょう。先ずは未だに最大派閥である王太子派から狙いましょうか。

▼▼▼▼▼

「一応聞きますけどここで合ってます？」

「……答えるわけないじゃない」

王太子派の有力貴族の屋敷が見える樹上で王女様に聞いてみますが顔を背けられましたね、残念です……まぁ仕方ありませんけどね。

「そんなに話したくないのなら構いませんよ？」

「……え？　がぼぉっ?!」

王女様の口にイベント報酬の卵から産まれた蟲《むし》の従魔――花子さんを突っ込み声を奪う。

そのまま喋れなくなった彼女を伴ってガヴァン……でしたっけ？　爵位は確か侯爵の方の、屋敷の正面玄関へと鉄球を《流星》で投げ込み爆破して道を開くと共に毒をばら撒きます。

「敵襲ー!!」

「貴様！　ここをガヴァン侯爵の屋敷と知っての――っ?!」

啖呵を切る兵士の口の中へと指弾で爪サイズの鉄球を飛ばして喉を貫いて殺し、正面の大きな階段から駆け下りてくる一団に向かってシャンデリアを糸で巻き付けて叩き落とす。

吹き抜けの二階の廊下に整列して弓に矢を番《つが》える兵士には光量重視の爆薬を投げ込んでとりあえずの目眩《めくらま》しを行い、そのまま糸を巻き付けたままのシャンデリアを振り回し二階から叩き落としていきましょう。

「近接戦闘で仕留めろ！」

正面から投げ込まれた槍を裏拳で弾き飛ばし、向かってくる兵士に毒針を投擲して眉間と喉、心臓を貫いて間引きます。

「……っ！」

「？　……あぁ、王女様には花子さんが付いてますから大丈夫ですよ」

こちらを怯えた目で見てくる王女に向かって、被害がそちらに行くことはないと伝えますが……、

「……っ！」

「？　なにを伝えたいのかわかりませんね……」

どうやら違うようですね……ですがなにが言いたいのかわかりませんので今は捨て置きましょう。

▼▼▼▼▼▼

突然の襲撃に驚きはしたものの、ガヴァン侯爵として冷静さを保ちつつ落ち着いて思考する。

敵は誰だ？　今の情勢下において私が死ぬことで一番喜ぶのは第二王子の派閥だが……堂々とし過ぎているな。

「……ここもか」

「クソッ！　お前たち、もう時間がない！　こじ開けるぞ！」

「はっ！」

そして襲撃からそれほど時間も経過していないというのに裏口という裏口を固めるこの迅速さに加えて、まるで屋敷を丸ごと縛り付けているかのように閉じ込めるこの手腕は筆舌《ひつぜつ》に尽くし難《がた》い。

あの派閥にここまでの仕事をこなせる者が居たであろうか？

「ぜぇい！」

「《熱線》！」

今も部下たちが必死になって閉じられた裏口をこじ開けようとしているが結果は芳《かんば》しくない。

これ以上は他の出口を探して彷徨っている間に戦闘に巻き込まれたり、襲撃者とかち合う可能性があるためもうここで終わらせたいが……さてはて。

「……開きません！」

「いいから手を動かせ！」

やはり無理そうか……このまま騎士団の到着を待つという手段もあるにはあるが、あの第二王子の派閥が邪魔をしてすぐには駆け付けられないだろう……ならば生存は絶望的か。

「窓はどうだ⁉」

「外から束ねた糸が遮っており、割っても外には出られません！」

「クソッ！」

ふむ、そろそろ腹を括らねばなるまい……敵が第二王子の差し金なのか、それとも帝国からの刺客か……そのどちらであっても少しでも情報を搾り出し、例のスキルで王太子殿下に……いや、陛下に伝えなければならない。

「……来たか」

「あ、こんな所に居たんですね」

「『っ⁉』」

この場に似つかわしくない女の声にすぐさま部下たちが反応し、私を背後へと庇い武器を構えるのに対して、恐ろしいほどに整った容姿の女は武器を抜くことすらしない。

「……殿下、なにゆえそちら側に居《お》られるのか」

「……っ」

「フェーラ殿下……」

「まさか本当に……」

陛下の証言を基に描かれた似顔絵と大部分が一致する……まさか絵よりも美しいとは想像できなかったが、この女が陛下の言う『混沌の使徒』であろう。

であるならば、なにゆえ殿下はそれと一緒に居られるのか。

「おや？　王女様の宣戦布告を聞かなかったんですか？」

「……無論、知っているとも」

こちらを不思議そうな表情で見つめ問い掛けてくる女に答える。

まだなんとも感じられないが、陛下が言うに自身に隠蔽か偽装を施しているという話だ……まだまともな会話ができるだけよしとしよう。

「王が不在で混乱の最中に帝国に宣戦布告したのです……今さら聞く必要もないのでは？」

「……私は殿下に聞いておるのです」

「……っ！」

「……あぁ、そうですか」

途端につまらなそうな顔をして短刀を抜き去る女に対して部下たちが殺気立つという、一連の流れをまとめて無視してフェーラ殿下を観察する。殿下は目を少しばかり細めて下唇を軽く噛み、両手を後ろで組んでおられた……なにかを耐える時の仕草ですな。

「なんか反応が思っていたのと違ったのでさっさと殺しますか」

「貴様ァ?!」

「侯爵閣下を侮辱なされるおつもりか?!」

どうせここで死ぬのだ、忠義を尽くし道連れになってくれる部下たちには申し訳ないが私も忠義を尽くすため全てを無視してフェーラ殿下へと語りかける。

「お后様《きさき》もあなた様のおじい様であるファルニア公爵閣下もご心配されておりましたぞ」

「っ！　……」

喋ることができないのか、それとも意図的に喋らないのかは判断がつきませんが、ますます殿下は苦悶の表情をされる。昔から本当に耐え難い苦痛は顔に出る方でしたね。

「あー、本当につまらない方ですね」

「ぐっ?!」

心底面白くないとでも言うようにこちらになにかを投擲し、それが部下たちの間を通り抜け私の横腹へと突き刺さる……この異様な熱さは毒でも塗られていたか。

「閣下?!」

「貴様、恥を知れ！」

「その首、広場に晒してやる！」

一斉に斬り掛かる部下たちを表情一つ変えずに淡々と殺害していく……長剣を振りかぶる部下の手首を素早く掴み取り、顎を蹴り上げ引き寄せ首を貫き、奪った長剣を投擲して後衛の魔術師の部下の頭をかち割る。上下左右から振るわれる斬撃を首と肩、脇下、肘、膝裏と関節などで挟んで受け止め鋼糸で喉を一斉に掻き切る……文官である私にはもうなにが起こっているのかわからない。

「げほっ！　……殿下、本当はこんなことしたくはないのでしょう？」

「……」

「いち、にーい、さーん、しーい――」

毒による吐血も……作業的に部下たちの首を落としていく女の……もはや理解できないものは全て無視してなおも殿下へと語りかける。

後ろで組んだ手を握りしめ、薄らとだが涙がその瞳に浮かぶのを見て確信する……なんらかの影響で今は喋れないが、この状況は殿下の望んだものではないと……だから――

「――殿下、我々はみんな味方ですぞ」

「っ！」

「……へぇ」

全く以て不愉快という表情の女とは裏腹に殿下はその意味を……私が発した言葉の意味を理解し一瞬驚愕の表情を浮かべてから軽く頷く……どうやら身じろぎ程度ならできるようですな。

「陛下は、あなたの兄君は殿下を見捨ててはいません」

「……っ！」

「今のこの状況はあなたの望んだモノではないのでしょう？」

不本意な出来事、または嫌なことが起きて辛いのかという問いに軽く頷く殿下を見てやはりと安堵すると共に怒りを覚える。

「待っていてください、必ずそこから助け出して――」

「――茶番はお終いですよ」

「がふっ⁈」

「っ⁈」

どうやらいつの間にか部下たちは全滅したようだ……最後まで尽くしてくれた部下たちには感謝

してもし足りない……忠道誠に大儀であった。

「さて、そろそろ死にますか？」

「ぐうっ！　……がふっ、ふふふ」

「……？」

こちらの腹に短刀を突き立てて捻り込まれる……臓物が刃で掻き回され、異物が我が物顔で本来内臓が在るべき場所を占拠する耐え難き痛みすら無視して笑えば、女は不思議そうな表情をする。

ふふふ、時間切れは残念ではありますが最低限のことは知れましたからな。

「まだなにか企んで──」

「──《誓約・忠犬は楽して死なず》!!」

「っ?!」

女の首を掴みその美しい顔を至近距離で覗き込みながら《宣誓》の派生スキルを発動する……こちらに驚きの眼差しを向ける女の瞳は美しく、最期の光景としては申し分ないだろう。

「──《誓約・我が主人に栄光を》!!」

自身と自身の主人の敵と見なした者だけを攻撃する極光《きょっこう》へと自らの身体を変質させる自爆攻撃を敢行する。もはや毒に侵され、目の前にはこの女……元より助かる道はあるまい。

「……やってくれますね、犬」

「……褒め言葉ですな」

副次効果として死ぬ直前の光景一分間を予め定めた相手へと送るこのスキル……陛下ならば無駄にはしませんでしょうな。

「さぁ、自他共に認める忠犬の最期だ！　特等席で楽しめ女ァ！」

私は身体の末端から解けて、混沌を滅する極光へと成る!!

▼▼▼▼▼▼

《レベルが上がりました》《カルマ値が――

「けほっ、こほっ……間に合いましたね」

影山さんの一回だけ自身に対する攻撃を無効化する『暗黒魔術』の《幻影》スキルがなかったら危ないところでしたね……ですがこういう自爆攻撃は状況を整えないと簡単に無効化されてしまうという勉強にもなりました。

「……結構な威力があったようですね？」

屋敷が半壊しているではありませんか……本当に切り札だったようですね？

自爆は予想外でしたが、元より殺すつもりでしたので結果は変わりません。

それよりもこの自爆攻撃に王女が巻き込まれていないか……。

「……無傷なのは驚きですが無事なようですね」

「……っ」

まさか王女も回避スキルを持っていたとかですか……ですがレベル的に難しいと思いますし多分違うでしょう。おそらくは対象を指定するタイプの攻撃でしょうか。

「そこのところ、どうなのですか？」

「……」

「……そうですか」

こちらを睨み付けてそっぽを向かれてしまいましたね……まぁ予想通りですので構いませんが、なんとなく気に入りませんね。

ガヴァン侯爵ももっと王女を責め立てるかと思いきや全然つまらない言動をしてくれましたから。

「まぁいいです、次に行きますよ」

「……」

もう用のない廃墟から王女を伴って脱出して次を目指します。

▼▼▼▼▼▼

「……あと何人殺しておきましょうかね？」

初対面の時の印象とは違ってこの女性は異常で、化け物で、そして静かに狂っている。

優しい表情もできるし自身の母親に対して並々ならぬ愛情がありながら他人のそれは奪うし、凡《およ》そ共感性というものがない。

「王女様はどう思います？　もっと殺した方がいいと思いますか？」

「……っ」

そして人を人として見てはいないのでしょう、今も自分から喋れなくしておいて残酷な質問を投げかける……完全に玩具としか思われていません。

彼女の一番大事な物を踏んだ私は赦されることはないのでしょう……彼女が織り成す凄惨な歌劇をただ観客として反応するだけ。まだ未熟な私では無反応を決め込むことすらできない。

「えーと、この人で何人目でしたっけ？」

今も第二王子派閥のアレフ子爵の首を刎ねながら思案している。

その様はまるで人を殺すことが日常の動作でなにも特別なことではないかのようで、自分の常識が間違っていたのかと不安になる。

もう既に王太子派閥の要人を五人、第二王子派閥の要人を二人も殺してしまっているというのに。

「うーん、そろそろ帝国も持ち直しましたかね？」

「……ぅあっ?!」

「どうしました？」

……もう訳がわからない。手慰みに、考え事をしながら机を指で叩くかのような気安さで殺した子爵や兵士の身体をバラバラに解体し、また縫い合わせる彼女に吐いてしまう。

「……あぁ、手持ち無沙汰でしたので適当に遊んでたんですがダメでしたか」

なんでそんなに死体を軽く扱えるのかが理解できない……彼女にとっては死者を辱める行為はなんでもないことなの？

「仕方ないですね、そろそろ帰りますか」

「……っ」

「明日も学校ですしね」

やっと今日が終わると安堵する……彼女が通えるような学校があるなんて絶対に信じられないけ

れど、この地獄が終わるのなら嘘でも構わない……ガヴァン侯爵が最期、必ず助けると言ってくれたのだけが今の私の心の拠り所……それがすり減るのを感じても少しでも長持ちできるのならいい。

「では王女様、また明日――エレンさんの言うことをちゃんと聞くんですよ？」

……あぁ、やっと今日が終わって、また明日が来てしまう。

▼▼▼▼▼▼▼

「お、結構な数が残っていますね」

ログインしてすぐに王都から出て少し進んだ先にある街道にて、勝手に敗走した帝国軍兵士の死体が散乱しています。どうやら王国側は敵兵を弔うことはしたくなく、プレイヤーはなぜか時間が経っても消えない死体にどうしていいかわからないでいるようですね。

「あ、そういえばもう喋っていいですよ」

「……っ?!　あがっ?!」

王女様の口に手を突っ込み花子さんを取り出します。途端に咳き込み、涙を滲ませてその場に座り込み震える王女様の様子に『そこまで怖いのだろうか』と疑問に思いますが……こういった検証はユウさんに投げましょう。

「さてとそれじゃあとりあえず――」

とりあえず今はただ怯えるばかりの王女様を放っておいて、帝国がさらに王国に攻め込みたくなるような作業をしますかね？　上手くいくといいのですが、とりあえず――

「死体でも冒涜しましょうか」

「――」

目を見開き固まる王女様を尻目に帝国軍兵士の死体のうちいくつかを帝国軍という所属がわかるように兜などの一部を除いて丸裸にするため装備や服を剥いでいきます。

『負け犬』……と」

裸に剥いた兵士の腹や背中に短刀で大きく『男娼《だんしょう》』『王国万歳』『沈みゆく帝国』『ごめんなさい』と切り刻んだり、熱して焼き入れていきましょう。死体を冒涜する経験はあまりありませんが、大丈夫ですかね？　そのまま糸で吊るしたり、槍で地面に突き刺しておきましょうか。

「お、女性ですが将軍職の死体があるじゃないですか」

これはラッキーですね、さっそく死体を丸裸にしていき『面汚し』『娼婦』『一回銅貨二枚』などと焼き入れていきながら『超薬』スキルで即席で造り出した……なんかそれっぽい白い半固形の粘液で汚していきます。

「この別れた首はどうしましょうね？」

うーん……とりあえず歯を全部抜いておきますかね、それで顔も白い粘液で汚していって……ちょっと殴りつけて痣でも付けた方がそれっぽいですか。胴体と一緒に蹴り入れておきましょう。

「あとは原型がわかるようにバラバラに解体して……」

適当にピックアップした死体とおそらく戦闘時にでもなったのであろう既にバラバラになった誰かの身体の一部を腕や脚など、人間の物とわかるように原型は残しつつ綺麗にブロック状に加工していき『豚の餌』と書いた木の箱に無造作に入れていきます。

「……なし」

「なんです？」

おや、怯えていたはずの王女様がなにかを言っていますね？　花子さんの仕事が丁寧だったのかもうちゃんと喋れるようで安心ですね、悲鳴が聞けなかったらお仕置きでした。

「……なし…………この、人でなし……!!」

「？　人ですが？」

「あなたみたいな女を人間と認めないわ！　地獄に堕ちてしまいなさい!!　この人でなし!!」

「……それは困りますね」

うーん、どうやらこの『遊び』は王女様のお気に召さなかったようで怒られてしまいました。

まぁ私が楽しければそれでいいので止めはしませんが……地獄に堕ちるのだけは勘弁です。

「天国に居るでしょう母様に会えなくなってしまいます」

「っ！　そ、そんな人並みの愛情を持っていてなんで……?!」

「？　なんの関係が？」

確かに母には返しきれない恩や愛情を感じていましたし、今も会って抱き締めてほしいくらいには大好きで……それこそ『愛情を持っている』と言えるのでしょう。

「彼らは母様ではありませんよ？」

「だから！　彼らにも母親が居ると……自分と同じなんだとなんでわからないのよ！」

「……」

ちょっと王女様がなにを言いたいのかわかりませんね……人間なんていちいち命を奪う時に自分

とその大事な人を思い浮かべて重ねるとは思えないのですが。

「王女様疲れているんですか？　彼らと私は違う生き物ですよ？」

「なんで……わからないのよ……」

「それにもう死んじゃってますし、なにも感じませんよ」

「違う……違うのよ……そうじゃないの………」

……あぁ、もしかして『普通』とか『一般論』的なことを王女様は言っているのでしょうか？

うーん、それは未だに『勉強中』としか言えませんね……現実の学校でも上手く溶け込んでいたつもりでしたが、ユウさんとマリアさん曰く『少しズレてる』とのことでしたし……案外『多数派に迎合』することは簡単じゃありませんね。

「あれですよ、王族たるもの少数派の意見にも耳を傾けないと――」

「――あなたのは少数派の意見でも人間の意見でもないわよ!!」

「……そうですか？」

あれ、おかしいですね……自分ではどこか『普通』と違っておかしいという認識自体はありましたが、それは圧倒的少数派だからであって多数派から見ておかしいのだとばかり。昔は同性愛者や自分の属する性別らしくない言動を取れば理不尽な非難に遭っていたという話でしたから、それと同じようなものだとばかり思っていたのですが……本当に私の擬態が下手だっただけですか。

「あなたは人じゃないわ、化け物よ……精神が人のそれではないわ……」

「これでも上手く溶け込めるように頑張っているんですけどね……っと」

もう現時点ではどうしようもありませんし、少し王女様が落ち着くまで放っておきましょう。

そのまま作業を再開して加工した兵士を別の兵士の口に詰め込みます。

「もう……やめてあげてよ……」

「帝国が本気にならないと意味ありませんからね、もう少しの辛抱ですよ」

「だからそうじゃないのよ……!!」

「えっと、そうですね？」

ダメですね、王女様が何を言いたいのか……なにを伝えたいのかさっぱりわかりません。

いつもなら経験やなんとなくの知識から『普通』はこういう時にこういう反応を示したり、こういう行動を取る、というのが共感はできなくとも理解できるのですが……死体を冒涜するのは現実ではできない経験ですから、どういうのが『普通』の反応なのかわかりませんね。

「まぁ、後はこれらを街道沿いに並べるだけですからもう終わりますよ」

「うっ……うぅ……！」

帝国軍兵士で同士討ちをし合っているように見える構図……お互いにお互いの首を槍で貫いているものや、仲間の背後から剣を突き立てるものなどを創り上げて街道沿いに並べていきます。

「さて、こんなものですかね？」

一通り冒涜した死体を並べ終えて、そのゴールが将軍職であろう女性に辿り着くようにした、まるで『青空展覧会』とでも言うべきそれを見て『これなら帝国も本気になりますね』と確信を抱く。

「さ、帝国を煽る声明でもあなたの名義で出しましょうか」

「この人でなし……」

「それはもう聞きましたよ？」

憔悴しきった様子の王女様を抱きかかえながら彼ら帝国を煽る文言を考案します……敵国を煽ったりは地球の歴史が分厚いので語彙《ごい》だけは豊富ですからね、上手く組み合わせましょう。
《カルマ値が大幅に下降しました》
もはや半ば日常となったいつもの通知を聞き流して次はどうやって『遊び』を盛り上げようかと思案します。

▼▼▼▼▼▼▼

＝＝＝＝＝＝＝＝＝＝＝＝＝＝＝＝＝＝＝＝＝＝＝＝

拝啓　肥えた老豚たる帝国
慈悲深き我が王女は劈頭《へきとう》から今日に至るまで自国民を保護することこそを目的としておられた……にもかかわらず、謬見《びゅうけん》なる貴殿らは人類普遍の倫理から逸脱し、まだ食べ足りないと言わんばかりの獣のように我が祖国に対して情欲を滾《たぎ》らせる。

牽強付会《けんきょうふかい》が大好きな帝国産の豚は、恣意《しい》に醜態をさらすことを止め、そろそろ二足歩行を覚えて人類に進化してはどうだろうか。

知性ありし数多の国を呑み込み肥太った貴国には難しいかも知れないが……いやそもそも無稽《むけい》なる貪食《どんしょく》者たる豚には理解はできなかったかもしれない。謝罪する。

豚と人語で意思疎通を図ろうなど……いくら知悉《ちしつ》たる我が国も蟻走《ぎそう》感が止まらない。

愚鈍なる豚には人類普遍《ふへん》の倫理の是非や己の瑕疵《かし》すら拘泥《こうでい》せず、些事であったな。

そうそう、無知蒙昧《もうまい》たる娼婦が数多の肉竿を連れて稚拙な営業に来たので峻拒《しゅんきょ》したのだが……残念ながらやはり人と豚ではお互いの常識に齟齬《そご》があり理解されなかった。動物好きの王女としては誠に残念である。

だが我々の本音としては仲良くしたいのが純然たる事実である。そのため貴国との友好を敷衍《ふえん》するにあたって娼婦を飾り立て、肉竿を食べやすい大きさに加工しておいた。好きだろう？　豚は共食いが。

貴殿らの未来の飼育者たるフェーラ・ディン・エルマーニュ第一王女より。

＝＝＝＝＝＝＝＝＝＝＝＝＝＝＝＝＝＝＝＝

「……」

エルマーニュ王国に対して橋頭堡を築くための先遣隊たる軍を派遣してから少しばかり日が経った頃、この戦争の発端となった第一王女から親書が届き、帝国側はアレクセイ騎士団長の居ない王国がもう音を上げたのかと期待していたのだが……皇帝が読み終わった親書を静かに握り潰し、隠す気もない怒気と殺気を撒き散らし始めたことによってそれは間違いだと悟る。

「……せよ」

「？　陛下？」

親書を握り潰し、プレッシャーを放ったままだった皇帝がやっと声を発する。

既にこの場に満ちる殺意から解放されようと今一度大臣の一人が呼び掛けるが反応がなく、困惑が謁見の間に広がっていく。

「……せよ」

「失礼ながら陛下、もう一度――」

「――総動員を発令せよ！　平民を徴兵し！　傭兵を雇い！　正規軍を総動員し！　官民一体となって王国を叩き潰せ!!　これは勅命《ちょくめい》である!!」

「『っ?!』」

皇帝からの勅命の内容にその場に居た重臣たちはもれなく全員が驚き、息を呑む。

穏健派であり、過激派や主戦派の部下たちを抑える側であった皇帝の変わりように主戦派の将軍ですら驚愕を顔に張り付ける。

「余の武具を用意しろ！　娘の仇を討つ！」

「へ、陛下?!　落ち着いてください！」

まさかの皇帝自らの出陣を匂わせる発言に宰相が跳び上がり窘めようとするが……皇帝の激しい怒気は収まるどころか時間が経てば経つほど激しさを増していく。

「先遣隊の将軍は『姫騎士』と名高い皇女殿下ですぞ?!　なにかの間違いで――」

「――会議中のところ失礼します！　先遣隊の生き残りが帰還致しました！」

この親書に書いてあることはこちらを揺さぶるための王国側の卑劣な罠だと、諭そうとしたところに『先遣隊の生き残り』の帰還という最悪の報せ……それは少なくとも敗北したのは事実だということを嫌でも帝国側に思い知らせた。

「……ですが陛下、まだ皇女殿下がどうなったのかはわかりません。交渉の材料にするため、捕虜《ほりょ》として無事な可能性が高いです」

「……少し取り乱した、許せ」

「滅相《めっそう》もございません」

　そう、通常であるならば皇族など捕虜としての価値が高く、無事な可能性の方が高いのが当たり前である。……断じてカルマ値のために簡単に殺されたり、敵を煽るために死体を冒涜されることなどありえないのだ。

「だがここまでコケにされたのだ、総動員は発令せよ」

「かしこまりました」

「……そして娘の安否確認も並行して行え」

　この三日後に皇女殿下はすぐに見つかるものの、あんまりな状態に謁見の間で吐く者も現れ、皇帝は涙を流して憤怒する。これに対して帝国貴族は派閥を乗り越えて、御前《ごぜん》会議にて全員が参戦派に回るという異例の事態を以て王国との全面戦争を決意することになる。

▼▼▼▼▼▼

「主任！　もうこのサイコパスどもイヤっすよ！」

「んー？　どったの？　またレーナがやらかした？　それとも不可侵領域の方？」

　都内某所にある高層ビルの一室……『カルマ・ストーリー・オンライン』の運営の仕事場の一つであるこの場所で一人のプログラマーが泣き言を叫び、主任が興味を引かれて近くに駆け寄る。

「両方っすよ！　見てくださいよこのログ！」

「ん〜、どれどれ…………ブッフォッ！　草生えるんだけど！」

「生やさないでくださいよ……」

ザッとログを流し読みした主任があんまりにも想定外な事態がプレイヤーの手によって引き起こされているのを確認しては吹き出す。どうやら享楽主義者な彼のツボに見事ハマったようである。

「これどうするんすか？　既にいくつかのクエストとか消えましたけど？」

「んー、そうだねぇ……よし、決めた！」

「……なんすか？」

あまりにも早く結論を出した主任に付き合いの長いプログラマーの彼は警戒心をあらわにして隠そうともせず、睨み付ける。

「もうこのままワールドクエストにしちゃおう！　プレイヤーには王国か帝国のどちらに加担するか選ばせよう！」

「……でもそれだと、どっちが勝っても地域の混沌具合が高まりますが？」

主任にしてはまともな意見に内心驚きながらも問題を指摘するプログラマー……王国と帝国のどちらが勝っても混沌陣営にしか利がないのは不公平ではということらしい。

「別に一つとは言ってないんだなー？」

「……一気に二つも出すんすか？　内容は？」

まさかワールドクエストを一度に複数出すとは思わなかったために驚くが、それよりも納得の方が大きいのかそれほどは反発は多くない。

「フェーラ王女の奪還、もしくはレーナと絶対不可侵領域の討伐！」

「王女の奪還はわかりますけど、プレイヤーを狙い撃ちっすか？」

運営が特定のプレイヤーに肩入れしたり、逆に不利益を与えるのはダメだろうと難色を示すプログラマーに対して主任はこれ見よがしに肩を竦めてみせる。

「ワールドクエストを出すのは運営じゃなくて《七色の貴神》さ！」

「……理由は？」

「レーナは王女を誘拐しているし、絶対不可侵領域も大義名分もなく自身に無関係な軍隊を襲って皇女を殺害している……そもそも敵対している陣営の有力株だ、これ以上ない理由だろ？」

「……確かに」

意外にもしっかりした理由に周りで聞き耳を立てていた他の社員たちも驚いたように主任を見つめる……それだけで彼の普段の言動が知れるというもの。

「じゃあ細かい調整は任せるからよろしく〜」

「はぁ〜、わかりましたよ」

いつものように部下に雑事を放り投げて昼飯でも行こうかと主任が振り返ったところで――

「――こんにちは主任、会議のお時間です」

「……もうそんな時間かな？」

「時間を確認してから部屋から逃げたのを確認しておりますが？」

「……ごめんなさい」

この後主任は『私は会議から逃亡を企てました』という看板を首から下げながら会社の上層部にプレゼンし、飲み会に誘われたという。

第五章．パワー・ゲーム

「これか」

「ハンネス、あったのか？」

エルマーニュ王国王都のとある一角にある路地裏にて俺は仲間たちと探し物をしていたんだが
……なんだこりゃ？　これがクエストの依頼の品か？　ほぼ黒焦げでなんだかわからねぇぞ。

「あぁ、テキストにもそうだって書いてあるが……」

「どうかしたのか？」

なにか不具合でもあったのかとラインがこっちに駆け寄ればそれに気づいた他のパーティーメンバーも何事かと集まってくる……狭ぇよ！

「お前ら近ぇよ！　狭い路地裏なんだから！」

「おっと、すまんすまん」

「わかった退く」

俺がもう少し離れるように言うとラインとミラは素直に少しだけ距離を取る……まったく、俺がまだ落ち込んでいるとでも思っているのか？　あれからもう一月は経っているぞ？

「それで、なんだったの～？」

「いやほら、ボロボロに黒焦げてて原型もわかんねぇんだよ」

一人だけ距離を離さずに肩に腕を回してくるケリンに鬱陶しさを感じながらみんなにクエストア

イテムを見せれば女性陣が驚愕の表情になり、ケリンは『あーあ』とでも言いたげで……そんなみんなの反応がわからないのは俺とラインだけ。二人して困惑する。

「な、なんだよ？　なんかまずいのか？」

「……本当にわからないんですか？」

「すまん、俺もわからんのだが……」

「えぇ、あなたたち大丈夫なの？」

堪えきれず聞くとチェリーがこちらを訝しげに見ながら尋ね、それに対してラインも正直にわからないことを告げるとエレノアが呆れたように心配してくる……そんなにまずいものなのか？

「クックック……ダメだ、面白すぎる」

「んだよケリン、わかるなら教えろよ！　男でわかるのお前だけだろ？」

「それ、広げてみなよ」

男性陣の中で唯一これがどんな物かわかっているらしいケリンに勿体ぶるなと伝えるとそんな返事が返ってくる……まったくなんだってんだよ。

「こうか？　……ただの燃えた布にしか見えんが？」

「あ、これは……」

「まだわからないの？　ラインは気づいたみたいだけど？」

マジかよ、ラインまでこれがなんなのか気づいたってのか？　わからないのは俺だけ……なんで女性陣はこっちを蔑んだ目で見て露骨に避けるんだ？

「ブフッ！　ダメだ、もう堪えきれない……それ女性用下着だよ？」

「……は？」

「わかりやすく言おうか？　……黒いパンツだよ、女の子のね」

……え？　いや、え？　ええ⁇　パンツ？　…………なんで女性用下着が黒焦げになって路地裏に落ちてんだよ⁈　そしてなんで依頼主はこれを探し求めてたんだよ、ふざけんなよ？！！

「ハンネス……」

「ま、待ってくれ誤解だ！　俺は知らなかったんだ！」

待て待て！　エレノアはそんな目で俺を見るんじゃない！　付き合いの長いお前から軽蔑されると結構傷付くんだぞ⁈

「ハンネスさん、一条さんがジェノサイダーだったから……」

「違うからな⁈　別にショックで頭おかしくなったわけじゃないからな⁈」

待ってくれチェリー！　別に俺は一条がジェノサイダーだったのが……そりゃ確かにショックだったけどよ、それで堂々と女性用下着に手を出すような変態になったわけじゃないからな⁈

「ハンネス……引く」

「お前はシンプルに傷付く……」

なんだよ、ただ一言『引く』って……シンプル過ぎて『生理的に無理』みたいな理不尽な打撃力があって辛い。……た、確かに女性用下着を握り締めて、その後見やすいように広げたって聞いたら……いや、変態じゃねぇか⁈

「本当に誤解なんだ！　俺は――」

《ワールドアナウンス：エピッククエスト・大陸西部動乱が発令されました。プレイヤーは各自王国側か、帝国側に参戦して戦争を勝利に導いてください。また、大陸西部を動乱に巻き込んだ混沌の使徒としてプレイヤー：レーナと中立の権化《ごんげ》たるプレイヤー：絶対不可侵領域の討伐、または第一王女の救出も勝利条件に含まれます。詳しくはこの後一斉に送られる概要欄を確認するか神殿にて神託をお受けください》

――俺は変態じゃない！　と弁明しようとしたところでワールドアナウンスが鳴り響き、それどころじゃなくなる。なんなんだよエピッククエストって？　しかもその原因がレーナだと？

……あの女はいつもいつも――

「――タイミングが悪ぃんだよ!!」

「アッハッハッハッハッ」

「ケリン、笑ってやるな」

怒鳴りながらこのストレスの原因の一つでもある女性用下着を地面へと叩き付ける……ふざけんな！　ケリンは笑ってんじゃねぇよ！　ライン、お前もこっち側だっただろ？　なに、さも俺は普通だみてぇな顔してんだよ?!

「とりあえず概要欄を見てみましょうよ」

「さっさと見る」

「ちくしょう……」

あーん？　なになに？　……王国と帝国の戦争にどちらかの陣営に加担する形で参戦してこの世界の未来を決めると共に《七色の貴神》が危惧する混沌陣営と中立陣営の有力株を討伐するか、レーナの野郎が未だに誘拐し続けている第一王女を救え……と。

「……アイツなにやってんだよ」

「本当に自重しないよねぇ？」

「少し見ない間に王族拉致と戦争を起こすって……呆れたわ」

俺のボヤキにケリンは含み笑いをしながら同意し、エレノアはレーナがここ最近やらかした事柄を確認して言葉を失っていやがる……いや、本当にアイツはなにをしてんだよ。

「で？　ハンネスどうすんだ？」

「……なにがだ」

「お前一応リーダーだろ？　決めろよ」

そう言ってラインはこちらに意見を……というより決定を聞いてくる。

コイツらは未だに俺が一条がジェノサイダーだったことにショックを受けてて落ち込んでいると思っていやがるからな、ここはビシッと決めるか。

「あんまりアレなようなら――」

「――んなもん決まってんだろ？」

こちらに気遣い過ぎて禿げるんじゃねぇかってくらいラインが心配してなにかを言い募る前にそれを遮ってみんなを見渡す。それぞれ個性のある表情をしているが、そのどこかにこっちを思いやる気持ちが見え隠れする。それに対していつも通り不遜に、偉そうに、高圧的に宣言する。

「ジェノサイダーをぶっ倒すのは俺だ！　それは変わらねぇ、他の誰にだって譲ってやらねぇ！」

そうだよ、ジェノサイダーが一条だからなんだってんだ？　俺が奴をぶっ倒すことに変わりねぇんだよ、今まで散々辛酸《しんさん》を嘗めさせられてきたんだぜ？

それにこの前のイベントはあと一歩だった。こっちもあれからどれだけこのゲームを攻略してきたと思っていやがる？

「お前らも俺を嘗めんじゃねぇよ、このハンネス様だぞ？」

「……はぁ～、まったく」

「心配して損した」

これ見よがしにふんぞり返って上から目線に見下すようにふざけて見せれば、真っ先にエレノアが溜め息を吐いたあとに微笑んで、ミラは相変わらず無表情だが口端を緩めてこちらを非難する。

「よっ！　ハンネス様！」

「まぁ、元気が出たようでなによりだ」

「ふふ、調子が戻ったようですね」

ケリンは後で締めるとして、ラインとチェリーにも安堵の色が見える。

……自分じゃ気づかなかったが、大分みんなに心配掛けてたみてぇだな。これは反省しないとダメだろう。だがまぁ、俺はいつも通りだ。

「いいかお前ら？　俺はお前らのリーダーだぞ？」

「よっ！　我らのリーダー！」

「ケリンちょっと黙ってろ」

「酷い?!」

コイツも俺を心配してたからその分ふざけているんだろうが、今は少し自重してくれとばかりにラインに肩を叩かれる……まぁ、今はケリンのことはどうでもいい。

「お前らも負けてばっかで悔しいだろ？　ここらで一勝もぎ取ってやろうや」

全員の顔を見渡せばゲーマーとしてのプライドか、人間としての闘争本能か、それとも別の要因かは知らんがそれぞれ戦意を滾らせた表情で頷いてみせる。

俺も奴の正体が一条だったとしても絶対に引かない。それがたとえ——

「俺は、俺らは奴に今度こそ勝つ！　ぶっ倒して勝ってアイツの澄ました顔を敗北感で歪めさせてやるんだ！」

——初恋の相手だったとしても。

▼▼▼▼▼▼

「大分激しくなってきましたね」

「……っ」

エピッククエストとやらが来た時は何事かと思いましたが、これはこれでいいですね……プレイヤーたちも入り乱れてどんどん規模が大きくなっています。

なによりも嬉しい誤算はプレイヤーの誰かがこの遅れた文明の世界観で地球の戦術知識を中途半端に披露し、被害が双方共に甚大になって後に引けなくなってきているところですか。

「……確か、ユウさんが言うには知識チートって言うんでしたっけ？」

要は自分たちよりも遅れている文明、文化、技術水準の国や地域で先進的な知識を披露し、そのコミュニティで圧倒的に優位に立つと。最初に聞いた時は一般人の聞き齧り知識でそこまで上手くいくものではないだろうとは思っていましたが、案の定ですね。

「まぁこれはゲームですし、深くは考えなくていいですか……戦争ですし」

にしても先ほどの王国側の釣り野伏《のぶ》せは見事でした。王国側のプレイヤーに島津家が好きな人が居るのでしょうか？　結構な数の帝国軍を削れましたね。

王都の目の前が最前線な王国側としては嬉しい戦果でしょう。

「でもさすが帝国ですね、ここで追加兵力ですか……数は万単位で居そうですね？」

やはり周辺諸国を呑み込み大きくなった軍事大国なだけはあるようです。

一息つけると思った王国は残念でしたね、もう一戦頑張ってください。

「にしてもそうですか……魔法の撃ち合いにも塹壕《ざんごう》戦は効果あるようですね」

一つ勉強になったと言いますか……面白い発想をする人も居るものですね。

確かにこのゲームの魔法やスキルを使った弓矢の威力は高く、軌道も山なりではなく、直線でも飛距離が長いですから、現実と同じく一撃で殺すこともできるこのゲームなら有効なのでしょう。

「塹壕によって帝国軍は騎兵を使えなくなったのも面白い結果ですね」

あれだけ地面に穴を掘られては機動力が活かせませんし、そもそも塹壕から顔だけ出して魔法や矢やらを撃ってくるのですからいい的になるというのもあります。

帝国側も真似をしてもはや絵面だけなら第一次世界大戦ですね。

「さて、この数センチを動かすのに何万人死ぬのやら……」

西部戦線のように数ミリから数センチ前線を動かすのに何百万人も犠牲に、とまでは両国の国力や人口から考えてありえませんが膠着はしそうですね。

まぁ王国側が苦しい状況には変わりありませんが。

「王国の制海権は帝国が握っていますからね」

王国西部の『始まりの街』と『ベルゼンストック市』という巨大な港があり、海運を一手に担う要所が落とされているのです。

兵員や物資の輸送もままなりませんし、帝国の船で輸送された別働隊が『ベルゼンストック市』から迂回して王国北部や東部と言った穀倉《こくそう》地帯の攻略と、王都の挟み撃ちを狙っています。

第一に王都目前まで侵攻されているという心理的圧迫感は強烈なものがあるでしょう。

「大陸の端っこに位置し、周囲の国が王国以外は敵国らしい敵国もない帝国だからここまで全力投球できるんでしょうね」

帝国はこの対王国戦に何十万という兵力を動員していますから、その本気度が窺えるというもの。

ユウさんによれば帝国が他に国境を接している国は二つしかなく、どれも小国なために最低限の守備兵でいいのだとか……まぁでも、これだけ動員していたら本国はがら空きではないでしょうか。

「さてと、名残《なごり》惜しいですが私も観戦を止めて動きましょうかね」

一応マリアさんに戦闘の録画を頼むフレンドメールでも送りましょう……もう返信ですか、早いですね。まぁ快く承諾してくれたのでいいでしょう、後でお礼でもしましょうか。

「では王女様はこれを飲んでください」

「……」

「そんなに警戒しなくても大丈夫ですよ、ただの酔い止めです。これからまた激しく動きますので」

「……うぅ」

そんな露骨に嫌な顔しなくてもいいではありませんか……まぁ拒絶しても無理やり背負って走るので飲んだ方が賢明だと思いますけどね。

それは王女様も同意見なのか、渋々とですが飲んでくれました。

「では走ります」

「はい……」

そのままその場から王女様を背負って走り出し、目に付くモンスターにちょっかいを掛け、『調薬』スキルで作った『誘引薬』を頭から被ってからさらに『甘香《かんこう》』を焚いて腰に下げる。

『ブモォォオオオ!!』

『キッーー！』

『ギャギャギャギョオ！』

猪っぽいものや猿っぽいもの、定番のゴブリンの亜種など様々なモンスターを引き連れて走り抜けますが……まだまだ足りません、ほんの百数十匹程度ではダメですね。

「森の方が効率良さそうですね」

ちょうど近くに森が見えてきたので、そちらの方がより多くのモンスターを集められそうだと進路を切り替えます。

別に方角は変わっていませんし、ここを通っても目的地に行けそうですから構わないでしょう。

「では、花子さんと武雄さんもよろしくお願いします」

『ギチチチッ！』

影山さんの影空間から花子さんという名前の、様々な毒を集めて精製し、個体によって独自の進化をするという手のひらサイズの蝿のような従魔を解き放ちます。

彼女は産まれてからこれまでの戦闘で進化した上位個体の『ベルゼビュート・ドーター』という種で他の個体を統率し、群体として行動できるのが素晴らしいです。

「さて、花子さんが広範囲にわたってピンポンダッシュをしている間にこっちも頑張りましょう」

マリアさん主催の領主館の攻防でレイドを組めば他の方にもバフを掛けられるという結果を得られましたからね。

いつか実戦で試そうと思っていたのですが、山田さんたちを外す機会がありませんでした。

まぁ一月ほどではそこまで進化させてあげられませんでしたが、不細工な神様の影響で予想よりも良い結果の進化にはなりましたね。

「そうです、武雄さんは上空からこれを森中に落として火を点けてください」

『チチチッ！』

同じく『ベルゼビュート・チルドレン』の武雄さんとその子分にゲル状の燃料を発火させるタイプの火薬玉を持たせて森中に放ちます。

あとは火に煽られて私が物理的に手出しできないモンスターも自然と森から焼け出されるでしょう。一度にテイムできるモンスターの数に制限がなければもっと面白いんですが、さすがに軍勢は作れないようです。まだ空きがありますが、我慢ですね。

「……大分増えてきましたね、四桁は居るんじゃないでしょうか？」

さすがに現状に於いて割と攻略最前線に近い広大な森の、そのほぼ全域から掻き集めているだけあってどんどん数が膨れ上がります。これは幸先がいいですね。

「ふふ、さてそれじゃあ――」

――帝都に空き巣しに行きますか。

▼▼▼▼▼▼

「ふっ！」

多数のモンスターを引き連れながら帝都までマラソン大会を敢行し、外壁が見えてきたところで『遠見』スキルを発動してその上の歩哨《ほしょう》……か、なにかでしょうか？　兵士さんに向けて『誘引薬』や『甘香』を内部に詰め込んだ鉄球で狙撃すると共に外壁を越えて、モンスターを引き寄せるそれを帝都内部にばら撒きます。

「せぇい!!」

手近なモンスターを糸で捕縛して『狂気薬』というバーサーク状態になる薬を打ち込み、そのまま投げ飛ばして外壁を越えさせますが……まぁ落下で死なないことを祈りましょう。別に死んでも混乱は巻き起こせるので構いませんが。

「帝都にはもっと混乱してもらわないといけませんからね」

モンスターや薬を投げ入れながら帝都上空へと特製の鉄球を《流星》スキルを発動しながら思いっ切り投擲します。ある程度飛距離を稼いだところで盛大に爆発四散し、身体全体を打ち付けるような轟音と共に花火が咲き誇り、中身の『誘引薬』と『狂気薬』などの劇毒を含む薬品を液体や気体を問わず撒き散らしていく。

「げぇっ?!　ジェノサイダーお前なにして――」

おそらく帝国側についたであろうプレイヤーをそのままモンスターの群れで轢《ひ》き殺しながら駆け抜け、迎撃態勢を整えようとする兵士を目につく端から狙撃しましょう……邪魔ですからね。

「よっと」

そのまま閉じられた城門へとありったけの爆薬を投げつけながら自分は糸で外壁に張り付き、そのままロッククライミングの要領で糸を利用して壁を登っていきます。

やはり首都を護る城門だけあって爆発には耐えましたが、脆くなったところをモンスターの群れが突っ込んでいきますから破られるのも時間の問題でしょう。

「ハァッ！」

外壁の上まで登り切ったらモンスターを糸で一まとめにして引き上げて、反対側の帝都内へとゆっくりと引き降ろして輸送します……私のメイン筋力の井上さん大活躍ですね。

「……余裕があるので少し手伝いましょう」

モンスターの輸送を続けながら城門へと強酸と腐蝕剤を流し込んでさらに耐久性を下げていき、爆薬も投げ込んでいきます。それによって何体かのモンスターが死にますが、そんなのが誤差になるくらいの数が居ますので大丈夫でしょう。

「あ、破られましたね」

城門が破壊されて一気に凄まじい数のモンスターが帝都へと雪崩《なだれ》込むのを確認し、兵士さんたちが無駄に仕事をしないように城門付近の外壁上に糸の結界を張り巡らせてから私も飛び降ります。

「武雄さんは東、花子さんは西からお願いします」

『『ギチチチッ！』』

武雄さんチームと花子さんチームにそれぞれ火薬玉と毒煙玉、誘引玉を配備して東西から北を目指して絨毯爆撃をしてもらいます。外壁の城門上に張り巡らせた糸の結界の最奥部に、補給のための火薬玉などを大量に置いてあるので後は勝手にしてくれるでしょう。

「では行きますか」

これで帝国はたとえ私を殺すなり捕縛するなりして押さえても武雄さんと花子さんをどうにかしない限りは混乱は続き、私一人を狙う意味がなくなりましたね。

「し、消火を急げ――――がっ?!」

「援軍を――――ぶぇっ?!」

「戦線後退――――ぎっ?!」

目につく兵士から先に火薬を取り付けた長針を投擲して頭を撃ち抜きながら、貫通した物が爆発することによって二次被害を生み出すことに成功する……新しい遊び方は有用なようですね。

火薬もそこまで入れていないので殺さず、負傷に留めることで相手のリソースを削れるのも評価が高いです。

「……ここから届きますかね？」

王城……帝国ですから皇城？　帝城？　まぁどちらでも構いませんが、お城に向けてありったけの爆薬を詰め込んだ鉄球を《加速》《回転》《硬化》《増殖》《倍化》を乗せた《流星群》スキルで本気の投擲をします。

「シッ!!」

全身のバネを使って思いっ切り振りかぶり、糸の補助も利用して放つ……やや山なりながらも真っ直ぐにお城に向かっていたそれの幾つかは途中で爆発したり、飛距離が足らず落ちてしまったりとあらぬ方向へと向かっていってしまいますが概ね予想通りですね。

「……ふふ、さすがに防がれましたか」

お城に着弾する寸前に結界のような物が張られ防がれましたね……皇帝が住む場所ですから、それなりの備えはあるでしょうし予想もしていましたが少しばかり残念です。……まぁ、それによってお城以外に被害が出てますけど。

「それ爆発したら破片なんかが飛散するので、防いだ方が帝都の被害が大きいですよ？」

建物の屋根を飛び移り、隊長や指揮官クラスと見られる兵士さんを糸で捕縛してモンスターの群れに投げ入れながら結界を観察します。どうやら飛散した熱せられた破片や毒ガスなどが帝都、特に貴族街に大量に降り注いだようで、そのあまりの酷い被害につい笑みがこぼれます。

「《流星群》というスキル名に似合った実験結果でしたね」

降り注ぐ隕石を爆破すればその破片によってさらなる広範囲に被害が出てしまうように、防いだはいいものの同じような有様ですね。

「武雄さんと花子さんもいい仕事しているみたいですし、どうなりますかね？」

他のプレイヤーの方を見習って私も『戦術知識チート』とやらを試してみましたがどうでしょう？　この遅れた文明・文化水準の世界観で『夜間都市空襲』という概念はなかったでしょう？　対空が貧弱過ぎますよ。

「……広場に出ましたね」

さすがに大国の首都だけあってその広場は公園と言った方がいいくらいに広く、しばらく建物はないので飛び降りて進みましょう。

「ママァッー!!」

「だ、誰かぁー!」

公園で憩《いこ》いのひとときでも過ごしていたのでしょう……まだ逃げ切れていない住民の方々が居られましたが構いません、突っ込みます。

「ママ――っ?!」

泣いて母親を呼び求めるだけの男の子の襟首を掴み引き寄せて兵士が放った矢の盾に使い、火薬玉を仕込んでから投げるいつもの黄金パターンをすれば、これまたいつも通りに怒って向かってきてくれます。冷静さを失った相手ほど殺しやすいものはありませんね。

「貴様ァ!」

「このクソ女《アマ》ァ!」

武雄さんと花子さんたちの爆撃の重低音をBGMとして作業的に処理していきます。

その辺で拾った柱の一部だったらしい木片を、兵士さんの斬撃を掻い潜りながら、振り切った体勢のままの脇下に殴り付けるようにして刺し貫き、そのまま腕を上へと滑らせるように動かして首を掴んで引き摺ります。

「仲間を放せ!」

「死ね!」

首を掴んだ兵士を隠れ蓑にして彼らの猛攻を凌ぎながら投擲で背後の神官職と魔術職からヘッド

ショットで減らしていきます。

「……やはり盾は消耗が早いですね」

もうボロボロで使えなくなった盾をその辺に放り投げる……まぁ後衛の処分はだいたい済みましたので大丈夫でしょう。

あとはなんだか勝手に怒り狂っている前衛担当の兵士さんたちを処理するだけですね。

すぐ近くに居た兵士の喉を短刀で撫で切り、その背後の兵士さんの下顎を切り落としてからなにやら呪文を唱えようとした魔法剣士だと見られる兵士の口に突っ込んで妨害する。

背後から突き込まれる槍を横にズレてから掴み取り、そのまま後押ししてあげればそれは容易に目の前の兵士を貫きます。

「おまっ?!」

「なにしやがる?!」

「……同士討ちしたのはそちらでしょう？」

なにを勝手に怒っているのやら……あまりにも可笑しすぎて笑いが漏れてしまうじゃないですか、殺しますよ？　溢れそうになる笑いを堪えながら背後に居る兵士の顔面を肘で殴り、怯んだ彼から槍を奪って周囲を薙ぎ払うようにフルスイングして空間を作る。

それからすぐに火薬玉をばら撒きながら棒高跳びのように彼らの後方へと逃れます。

「クソっ！　絶対に逃がすなぁ！」

「生まれてきたことを後悔させて――」

「――《血界》」

彼らの中心で動き回っているうちに張り巡らせた鋼糸を蓮華《れんげ》が蕾から花開く様の逆再生の如く、彼らの関節も身体の向きもなにも考慮せずそのまま纏め上げ、ブッ切りにしながら回収します。

「キャンバスに焼き付けたい光景です」

夜空を染め上げる血の雨が、公園広場の噴水や芝生を赤く染めていく様に満足しながらその場を後にする。

▼▼▼▼▼▼

「なにが起きておるか?!」

「そ、それが陛下……」

帝都がモンスターの襲撃を受けたという報告を受けてからまだそれほど経っておらぬというのに、たった今この城を守護するための最終防衛ラインたる魔道具が発動しただと?!

「お伽噺のドラゴンでも攻めてきたとでも言うのか?!」

「そ、それが……」

「はっきりと申せ!」

ここまで腸《はらわた》が煮えくり返るのはいつぶりか……皇帝として即位してからまったくと言っていいほど声を荒らげたことなどないというのに、最近は口ごもる部下にすら苛立ってしまう。

「あ、相手は……人間です!」

「……なにを言っておる? 帝都を襲ったのはモンスターの群れではないのか?」

あまりにも予想外な答えに思わず冷静になってしまう……いやこの状況下ではむしろありがたいことではあるが不可解である。帝都を襲ったのがモンスターの群れで城を攻撃したのは人間だと？

「そ、それがモンスターの群れを引き連れてきたのもその人間の仕業だと！」

「……報告ではモンスターの数は四桁は居るとのことだが？」

「それを全て引き連れて――」

「――そんな者はもはや人間ではない！　さっさと討伐せよ！」

数千のモンスターを引き連れて帝都まで走ってきたとでも言うのか？　普通の人間ならば恐怖で頭がおかしくなっても不思議ではないというのに……それを成し遂げ、外壁の城門を破って城に壊滅的な攻撃？　そんな人間が居てたまるか！

「陛下！　第二防衛ライン突破されました！」

「担当者は速やかに交戦を避け、消耗を抑えながら後退！　第三防衛ラインの者と合流――」

「――第三防衛ライン突破されました！」

「ええい！　早すぎるであろう！」

先ほど第二防衛ラインが突破されたという報告を受けたばかりだというのに、もう第三防衛ラインまで突破されたのか?!　いくら主力が王国に出払い、不意打ちに近い形で数千のモンスターに襲撃されたと言っても早すぎる！

「陛下、恐らく空からの砲撃が問題かと……」

「将軍……空の敵には対処できんのか？」

「小さいうえに数が多く、なにより我が国は空から襲撃される想定などしておりません」

「頭が痛い……」

人間の死角である頭上からの断続的な砲撃……か？　それによって物資の移動も人民の避難もままならないどころかマトモな交戦すらできないだと？

「渡り人が言うに『制空権』なるものが奪われている状態だと……」

「……渡り人が言うのだ、他の世界ではちゃんとした戦術として認知されているのだろう」

「対空が貧弱だとか……」

「……まさか渡り人は空と戦っていたとでも言うのか？」

そんな馬鹿馬鹿しい話があるわけが……待てよ、敵も『制空権』なる概念を知っている可能性が高いのではないか？　だとしたら相手は王国側に付いた渡り人か？

「……敵も渡り人である可能性が出てきた」

「……それでは完全には殺しきれませんな」

そうなのだ、渡り人はこの世界に来る時に神の加護によって瀕死になると自動で神殿に移動し蘇る。彼らを何度殺しても意味はなく、奴らは時に特攻などという狂人の如き戦法を嬉々として取る。

「神殿と協力して封じ込めるしかないのではないか？」

「なにをですか？」

「それは勿論……誰だ？」

私と将軍に割り込む聞き慣れない女の声に振り返れば、謁見の間の入り口でおそらく返り血によって真っ赤に染まった美しい女が人体の一部を持って立っていた。

「……なるほど、化け物ですな」

「こちらを人として見なしていない視線が不愉快だな」

首を傾げながら奴を排除しようと動く近衛兵たちを淡々と作業的に処理をしていく……槍を突き込めばなぜか喉が掻き切られ、剣を振るえば首が落ち、矢を放てば頭に穴を開けられ、囲んで一斉に襲えば見えないなにかでバラバラに解体されてしまう。

「うーん、神殿はもう爆破したはずなんですが……」

「……やはり狂人か」

「神殿を爆破するなど考えられません」

死んだ近衛兵に薬品を掛けて実験をしながら考え事を洩らす女に寒気を覚える。これでは同僚の死体が目の前で弄ばれているというのに囲むことしかできない者たちを叱責などできるはずもない。

「それで？　お主の望みはなんだ？　金か？　地位か？　名誉か？」

腰から宝剣を引き抜き、将軍が構えたのを確認しながらこの頭のおかしい女に問いかければ心底理解できないという顔をされてしまう。もはや我々の常識が通じるとは思わん方がいいな。

「え、そんなもの要りませんけど……」

「……そうか」

状況が違えばなんと無欲な少女だと称賛したのだがな……帝都にモンスターを引き連れ、皇帝たる私を危険に晒し、近衛兵を解体したり薬品の実験台にしつつ放たれた言葉ならば恐怖しか覚えない。

「ならば貴様には死を下賜《かし》して――」

「――失礼するよ？」

将軍といざ勝負というところで謁見の間の天井をぶち破って大剣を担いだ優男が現れる……今度は誰なのだ？　もはや驚きすらない。

「君がジェノサイダーで合ってる？」

「そうみたいですね、あなたは？」

「僕？　プレイヤーネームは絶対不可侵領域と言うよ」

……それは名前なのか？　この時点で渡り人ということは確定だが、味方なのかそうでないのかの判断がつかない……ええい、渡り人は災害かなにかか?!

「あぁ、なるほど……私も後で用があったんですよ」

「そうかい？　それは奇遇だよね、君も同じ目的でしょ？」

「えぇ、だって――」

「僕たちが――」

味方ではなさそうだが敵でもなさそうだな……ジェノサイダーと呼ばれた頭のおかしい女と絶対不可侵領域と名乗った頭の痛い男がお互いに武器を構える。

「「――エピッククエストをクリアしても構わない」」

……皇帝たる私と将軍がもはや忘れ去られている気がするんだが気の所為《せい》ではないだろう。

もうコイツらの相手をするのに嫌気がさしてきた。

▼▼▼▼▼▼▼

ブルフォワーニ帝国帝都の中心地にある皇城の謁見の間……そこで思いがけない出会いを果たした男性と向かい合う。

「絶対不可侵領域……さん？　でしたか？」

「呼びやすくエルサレムでいいよ？」

「そうですか？　ではエルさんで」

自然体で普段通りとでも言わんばかりの男性は絶対不可侵領域と書いてエルサレムと読む名前みたいですね。……私と違ってネーミングセンスはそこそこ有るみたいでなにやら微妙な気分です。

「一つ質問なのですが」

「うん？　なんだい？」

「あなたはカルマ値に拘りがあるようですが、私を倒した後はどうするんですか？」

ただ純粋に疑問に思っていたことを聞いてみます。確か彼はカルマ値をゼロにすることに圧倒的な拘りを持っていたと……そう、ユウさんが言っていた気がします。

自分で言うのもアレですが、私のカルマ値は極悪ですからね、私を倒せばそれだけでカルマ値は急上昇すると思われますがどうなんでしょう？

「あぁ、そんなの君を殺した後で王女も殺せばよくないかな？」

「え」

「なるほど、納得しました」

「え」

私を倒すことでエピッククエストをクリアしながら、救出すべき王女様を殺すことで上がったカルマ値を下げてプラマイゼロにすると……なにやら法律の穴をつく裏技みたいで好きですよ？

自分たちが所属した国が戦争に勝つ以外に私かエルさんを倒すこと、そして王女を救出することも勝利条件として個別に設定されているが故の荒業ですね。

そういうの……華族には必須スキルと言えるでしょうから、馴染みがあります。

「ではちょっと邪魔なので王女様は上に退いてくださいね」

「おぉ、景品っぽくなったね？」

少しばかり糸を操作し、王女様を縛り上げたままぶち抜かれた天井の真ん中へと固定します。

帝都中の建物が焼けることで発生した煙によって覆われた空の下で、宙釣りになった王女様はまるで全てに絶望したとでも言わんばかりに涙を流してますが……そんなに高所が怖いんですかね？

「「まぁ、とりあえず初めまして――」」

お互いに初対面の挨拶を交わして私が短刀を、絶対不可侵領域さんが背中から斧のような大剣を引き抜いてお互いに武器を構え、私でも少し呼吸がしづらくなるほどのプレッシャーをお互いに放ちます。

「「――そして死ね」」

先ずは小手調べとして毒針を投擲しながら駆け出します――が、大剣を床に叩き付けた風圧で弾き飛ばしながらこちらの足場を崩してくるようですね、糸で即席の道を作りそのまま接近して眉間へと短刀を突き出しましょうか。

「あぐ」

「……美味しくありませんよ？」

こちらが突き出した短刀を噛んで受け止める彼に思わず声を掛けてしまいます。

そんな私に対して油断なく大剣を下から振るわれますので、それに対する返礼として喉を殴りつけながら大剣に乗りつけ、振り上げられる勢いを利用しながら跳躍して空中に張り巡らせた糸に跳び乗ります。

「……ふふ」

「喉は痛いなぁ」

薄く切られた頬の血を拭いながら喉を擦る彼を見下ろす……あの状態で一撃入れられてしまいましたか、なかなかに侮れませんね。

この前のイベントでも個人のトップでしたし、とても強いのでしょう。

「楽しくなりそうですね？」

「そうだね、プレイヤーでここまで戦える人ってなかなか居ないからね」

空中ブランコのようにこの空間に張り巡らせた糸から糸へと飛び移り、彼が登場する時にぶち破った天井に付いていたシャンデリアの残骸を投擲しながら落下します。

「怖くない？」

「いえ、まったく」

短刀を構えての落下攻撃を大剣で防がれたので、カウンターをもらう前に糸で逆バンジーのように自分の身体を引っ張って上空へと逃れます……もちろん爆薬と毒の置き土産を忘れずに。

「ふんっ！」

「おー、ホームランですね」

起爆する前に開けた天井へと打ち返すとは……大剣とは思えない瞬発力ですね？　まぁ私を狙ったんでしょうけど、さすがに当たりませんよ。

「降りてきたら？」

「んー、そうしたいんですけど貴方が足場を壊したので……」

「あー、じゃあフェアに僕も上に行こうかな」

そう言って足下の床を踏み砕きながらロケットのように跳躍する彼を迎え撃つべく、その無防備な頭頂部へと短刀を振り下ろしますが篭手で弾かれてしまいます。片手で持った大剣で胴体を薙ぎ払われるので彼の肩に手を置き支点として、一回転して避けながら襟を掴んで投げ飛ばしてみる。

「ははっ、いいねぇ！　そう来なくっちゃ！」

「ふふ、最高ですよ！」

空中で回転して体勢を整え、残ったそれすら崩落させるのかという勢いで天井を足場に跳躍し、未だに落下しているこちらへと突撃してくるのに合わせて、糸を束ねてパチンコのように自分自身を弾き飛ばして迎え撃つ。

「うーん、あなたどこかで会ったことありますか？」

「ん？　……あるね」

「おや、そうでしたか」

振り下ろされた大剣の側面を蹴って逆手に持った短刀を彼の首へと食い込ませながら浮かび上がった疑問を聞けば、大剣を持ち上げる動作で重心移動をして空中で背後へと頭から落ちるようにして回転しながら彼が答えます。

「園遊会とかで会ったことあるよ——一条玲奈さん」

「あー……同類の方でしたか」

お互いに『火炎魔術』の《噴射》を要所要所で用いて空中で姿勢制御を行いながら再度突撃……謁見の間の壁を放射状に踏み割りながら大剣を振りかぶる彼へと毒針を投擲します。

私のように糸もなく、どうやって天井や壁に足を付けて立っているのでしょう——あぁ、有り余る膂力《りょりょく》で無理やりめり込ませているだけですか。

「そうだよ、見覚えあるでしょ？　見た目は多少違うけど」

「……あ、九条《くじょう》弥彦《やひこ》さんでしたか」

投擲された毒針を片手で全て弾き飛ばした彼へと短刀を突き込みますが、振り下ろされた大剣の重みには勝てません。即座にまた逆手に持ち替えて刃を立てることで逸らし、振り切られた大剣の峰を掴んで飛び越し、彼の顔面へと膝蹴りを喰らわせますが足首を掴まれて投げられます。

「そうだよ、久しぶり」

「あんまり印象にはありませんでしたね」

「だって玲奈さん、行事がある時いつも壁の華になってるし」

「……あんまり好きじゃないんですよ」

咄嗟に糸を掴んでぶら下がりながら振り向けば彼もまた、残ったシャンデリアの残骸を掴んで落下しないようにしていますね。

試しに毒針や火薬玉を投擲しますが蹴り返されますので叩き落としておきます。

「まぁ、同じ華族の名前は覚えているようでなにより」

「一応必要ですからね、頑張りました」

一般の同年代の学生の方たちは勉強をこのような気分でしているのだろうかと考えながら暗記しましたとも。すごく辛かったな、などと回想しながら再度空中でぶつかり合います。

「まぁ、そんなことは今は良いでしょう？」

「そうだね、今は君を殺すことが大事だね」

私が空中に張り巡らせた糸を足場に、彼が崩落していく天井とその瓦礫や壁を足場にして徐々に距離を詰めていき――交差する刹那にお互いの武器を振りかぶって殺意をぶつけ合って笑い合う。

「「――さっさと死ね」」

さて、同じ華族の同年代だということが判明しましたが殺ることは変わりありません。

彼を殺してエピッククエストをクリアしましょう。

「私の城が……」

「陛下、早くお逃げを！」

空中で涙を流す王女様と、茫然自失になる皇帝陛下とそれを逃がそうと奮闘する将軍など最早目に入らず、彼と純度の高い殺意を込めて微笑み、睨み合います。

「「山田さんたち《アシュリー》は強化付与を」」

おや、彼も従魔を魔纏《まと》っているようですね、見れば彼自身も驚きの表情でこちらを見ていますが……まぁ面白いのでいいでしょう。様子見は終わらせてここからギアを上げていきます。

「《深淵赤光》！」

「《不動白光》！」

武器に対して『混沌属性』を付与して突撃します……相手も似たようなスキルを使っていますが構いません。そのまま大剣でガードする彼に短刀の突きを放ちます。

「ははっ、やっぱり魔統うと膂力が凄くなるよね」

「井上さんは私のメイン筋力です」

「井上……あ、あぁ！　君の従魔のことね？」

……なぜ訝しがられ、少し変な間があったのでしょう？　なにやら酷く傷付いたような気がしてなりませんね。なぜか井上さんも『わかるわかる』みたいな念話を送ってきて不思議ですね。

「《破砕豪剣》！」

「《流水流転》！」

喰らえば一発でＨＰが全損するだろうとわかるスキル攻撃をこちらも防御スキルにて受け流します。大振りに振り下ろされる派手なエフェクトをまとう大剣を滑らかに回すようにして背後へと逸らしていく。

「チッ……ふん！」

「シッ！」

思いっ切り壁をぶち破り、渡り廊下の屋根へ躍り出ながら瓦礫を大剣の腹で打ち付けて飛ばしてくる。それを全て首を傾け、糸を足場に跳躍し、落下して躱しながら毒針を投擲します。

「『破滅遊戯・虐殺器官』」

「『永遠無敵・我が栄光』」

謁見の間から飛び出し、渡り廊下の屋根の上へと移動した彼を追い掛けながらお互いに特殊強化のカードを一つ切る。そのまま強化された身体能力で以て頭上から短刀を振り下ろします。

「はぁっ！」

「シィイ！」

大剣を傘にしてこちらの落下攻撃を防ぎ、そのまま拳で大剣の腹を打ち据えかち上げることで私ごと持ち上げてくる。そんな力技の勢いを殺さずに振り回すようにして屋根へと叩き付けてくるのを、すぐさま跳躍して回避します。

「シャアッ！」

「ふっ！」

こちらを渡り廊下ごとぶった切るように上段から振り下ろされる大剣を短刀の刃を立てて滑らせながら側面をぶっ叩いて体勢を崩し、彼の鳩尾へとつま先をめり込ませますが——

「がっ⁉　ぬぅん！」

「ぶっ⁉」

——向かって左側へと叩かれて逸らされた大剣を重心移動に利用して、こちらから見て右側から回転するように顔を蹴られてしまいましたね。

さらに勢いを殺さず、一回転してから横薙ぎに振るわれる大剣の一撃を蹴られた衝撃そのままに倒れ込むようにして回避してしまいましょう。

「『愚劣支配・魔統』」

「『魂魄共鳴・魔統』」

麻布さんに押し出されるようにして急速に起き上がり、井上さんのアシストによって滑らかな動きで相手を見ずに後ろ向きに肘鉄を食らわせますが、後ろへと誰かに引っ張られるようにして避けられてしまいました。

「うらぁ！」

「せぇい！」

お互いに相手へと向かって駆け出し、武器を振るうと見せかけて得物を投げる……大剣と短刀がぶつかり合っては弾かれ、上空へと飛んでいくのを横目で確認しながら彼へと殴り掛かる。

「女の子なのに殴り掛かるなんて……」

「古臭い華族らしい古臭いジェンダー論をお持ちのようで」

「別に本心じゃないけどね、むしろ楽しい」

「私もですよ」

突き込んだ拳を首を傾けることで避けられるのを確認するや否や、そのまま引き抜くようにして首を掴んで地面へと叩き付けます――が、両手をついてバネのように跳ね上がってこちらの腹へと背中を打ち付けてきます……少し息が詰まりました。

「っ……乱暴な」

「そっちだって、いきなり首根っこ掴まれるとは思わなかったよ」

こちらの回転ストレートを前腕部で受け止めながらの膝蹴りに合わせて蹴りを入れることで跳躍……そのまま頭上を取り、回転してからの踵落としを腕をクロスすることで防がれる。

「『自己改変・狂騒凶薬』」

「『絶対不動・不可侵領域』」

脚へとさらに力を込めれば渡り廊下は砕け散り、落下していきます。空中で瓦礫を足場に接近し、胸へと発勁《はっけい》を放てば手首を掴まれて上空へと投げられ、魔術による光弾を放たれるので結界を張りますがその衝撃でさらに飛ばされます。

「うらぁ！」

「せぇいや！」

地面に落下し、そのまま蹴り付けることで大地に亀裂を入れながら跳躍して拳を突き出してくる彼を蹴り飛ばしますが……向かいの尖塔へと着地しましたね、私も結界を足場に反対側の尖塔へと降り立ちます。

「山田さん」

「ヒューリー」

呼びかければお互いの武器が飛んできて手の内に収まります……やはり従魔のようですね。彼らは彼らでお互いに切り結んでいたようで、本当にＡＩが優秀ですね。

「なかなか決着がつかないね？」

「私もここまでとは思いませんでしたよ」

一対一の勝負でここまで実力が拮抗していたのは初めてではないでしょうか？

少なくともプレイヤーでは居ませんでしたね、彼もなかなかにおかしいようです。

「どちらが先に音を上げるかな？　――『神気《しんき》憑依・ルーシェン』」

そう言いながらスキルを発動すれば全身を着込んでいた鎧が覆っていき、鉄の塊のような巨人へと見た目が変わりましたね。多分とてつもなくステータスが上がっているのでしょう。

「さぁ、どうでしょう？　――『神気憑依・影山さん』」

なので私も魔統っていきましょう。

自身の影が吹き出してこちらに纏わりつき、手脚と胸から口元までを覆っていく。

ところどころで陽炎《かげろう》のようにユラユラと揺れているのが可愛らしいと、個人的に思います。

「それも使えるのかぁ～」

「最近覚えました」

「本当に君は面白いね？」

「？　あなたも面白いですよ？」

「それは光栄だね？」

鎧を魔統って鉄の巨人と化した存在感のある彼に対して、影を魔統って陽炎のように実体が掴めなく存在感のない私が相対する……本当にこの戦いは心躍るものがありますね。

▼▼▼▼▼▼▼

「そろそろいいか？」

ブルフォワーニ帝国の帝都で粗方《あらかた》モンスターを倒し終えてから仲間たちへとなんとなしに問い掛ける。まったく、四桁を超える数のモンスター引き連れて街を襲う奴があるか？　やっぱあの女は頭おかしいぜ。

「そうだな、そろそろ俺たちが居なくても大丈夫なくらいは殺しただろ」

「スキル効果も十分」

俺の問い掛けにラインとミラが頷き答えるので俺もステータスを確認してみれば、確かに規定の数のモンスターを連続で倒すことで発動するスキルと短期間に特定人数の人助けをすることで発動するスキル、そしてその両方の条件を満たすことで発動するスキルの三つが発動可能になっていた。

まぁ、これはたまたま手に入れたスキルだから本来の目的じゃねぇけどな……あの女が引き入れたモンスターにNPCたちが殺られていくのを放っておける訳がねぇ。

それもだいぶ間引いたからもう大丈夫だとは思うが、不安は尽きない。

「……確かにもう十分だな」

「じゃあ、もうこのまま城に向かう?」

ステータスや帝都の状況からその事実を確認して頷けばケリンが笑いながら質問してくる。だがその内容に思わず鼻で笑い飛ばしてしまう。確かに城に向かうこと自体は構わない……けどな?

「馬鹿言え、NPCを助けながらに決まってんだろ?」

「だと思った、さすがハンネス」

「言ってろ」

あれだ、そう……NPCも現実の人間と同じように生きてるんだからな。それを助けるのは人として当たり前とは言わないがなにも間違っちゃいない……そしてなにより――

「――自分が滅茶苦茶にするはずだった帝都を救われてみろ、悔しがるぜ?」

「まぁ、確かにそうね」

エレノアが同意してくれるがまさにその通り。

レーナの野郎をぶっ倒すことは確定として、奴の狂った目論見まで全て挫いてこそ完全勝利と言える……俺が求めるのはそれだ。

「あの人が居ない今がチャンスですね」

「チェリーの言う通りだ、奴が居ない今が帝都を救うチャンスだ」

なんの目的があったか知らねぇが、幸いすぐに城に向かったからな。

あそこならここよりも兵士のレベルも高いだろうし、なにより人も少ないし被害も小さくなる……と思う。だから今のうちに帝都からできる限りモンスターを間引かねぇとな。

「おら、さっさと奴の鼻を明かしてやろうぜ！」

「仕方ない」

ミラが呆れた風を装っているがその手は淀みなく、淡々と上空のハエもどきを撃ち抜いていくのはさすがだと言わざるを得ないな。俺も負けてられねぇ、仲間内だろうが最多討伐数を稼いでやる。

「おっしゃ！　誰が一番モンスターを倒してＮＰＣを救えるか……勝負しながら城を目指す！」

「……あなたって、たまに子どもっぽいわよね」

「負けない」

「ミラさんも負けず嫌いですよね」

今さらこの程度のモンスターに手こずりはしねぇ……どうしてもラインやケリンにはＡＧＩで敵わねぇがＳＴＲなら負けねぇ。一撃必殺でモンスターを処理していく。

「ふんっ！」

「あ、ありがとうございます！」

「……危ないから避難してろ」

「お、お名前は……」

間一髪のところでNPCの町娘……か？　を助け次へと向かう。

ぐぬぬ……スピードではラインとケリンに勝てねぇし、エレノアは殲滅力が段違いだし、ミラは上空の敵を独り占めしてやがるし……チェリーにしか勝てそうにねぇじゃねぇか！

「負けてたまるか！」

「うっわ、フラグに気づかないとか……」

「まだお子さまなのよ」

なんだかケリンとエレノアに馬鹿にされている気がしないでもないが、今はできる限りのモンスターを間引いてレーナのクソ野郎をぶっ倒すのが最優先だ。モンスターを倒せば倒すほど効果を発揮するスキルや称号を奴と戦う前にできるだけ発動しておきたいのもある。

なによりもレーナが居ないんだ、街を一つ救うくらい簡単にこなせないでどうする。

「今のうちに聞いておくが勝てそうか？」

「あん？　そんなもんイレギュラーがなけりゃレーナには勝てる自信しかねぇな」

奴がまだなにか隠し球を持っていない限りストレートに勝てるんじゃねぇか？

無論油断は一切ないが、そう言い切れるだけの準備とレベリングをこちらはしてきた……これでまだ勝てないのなら、もっと強くなって再戦するだけだ。

「ったく……多すぎだろ、どんだけ引き連れてきたんだ」

「ほんそれ」

パーティーメンバーと離れ過ぎないようにして、城を目指して帝都を走り抜けながら愚痴を零す

……倒しても倒しても湧いて出てくるモンスターに『バグってんじゃねぇのか』と不満を抱く。

「シッ！　……おそらくモンスターを誘引する薬品でもばら撒いているんじゃないか？」

「あー、彼女なら生産できそうだねぇ」

「チッ、帝国兵は早く城門を閉めやがれ」

斧を構え《大地律動》スキルを発動してから地面へと思いっ切り叩き付けて地割れを起こし、モンスターの群れを呑み込んでいく。横から突っ込んでくる猪の鼻っ柱を殴り折り、空から襲ってくるハエもどきを《石弾》で叩き落として、ゴブリンどもは蹴り飛ばして道を拓いていく。

「し、使徒様……！」

「……誰のことだ？」

「ハンネスだろ？」

なんかNPCから『使徒様』とか『御使い様』とか呼ばれて拝まれるんだが……これもカルマ値が関係してんのか？　とりあえず邪魔だし《大地の加護》という一定期間モンスターが寄り付かなくなるスキルを掛けてやってから追いやる。

「おら、邪魔だからさっさと避難しろ」

「ありがたや……」

「この御恩は必ず！」

「お兄ちゃん頑張れー！」

ぐっ……なんか恥ずかしくなってきやがった。

仲間たちもこちらをニヤニヤとした表情で見てやがるし……てかチェリーだって『聖女様』とか呼ばれてんじゃねぇか！　なんで俺だけ恥ずかしい思いをしてんだよ！

「慣れてるチェリーと慣れないハンネスで差がついたな」

「くそったれ！」

モヤモヤした気持ちを晴らすように斧に乗せてモンスターにぶつける。

雑魚を斧の一撃で身体を左右に真っ二つに切断しながら進み、段々と城が見えてきたが……ありゃなんだ？　城がボロボロだしあちこちが爆発してんぞ？

「……えらい激しく戦ってんな？」

「NPCにも強い人が居たんでしょうか？」

「将軍とか強そうだよねぇ～」

なるほどな、まだそこまでエリアを解放したわけではないが一国の将軍ならNPCでもそれなりにレベルが高そうだな……彼らと共闘するのも視野に入れるか。

「そろそろボス戦だな」

「公式に認知された野生のレイドボスね」

「彼女ホントに笑える」

「まぁ、有名になりましたからね」

「認知されるのは当然」

エピッククエストで名指しで討伐対象にされるぐらいには公式でも有名なんだろう……くだらねぇ、そんなもん知るか！　俺が気に入らねぇからぶっ倒すんだよ！

「ハッ！　なにがレイドボスだ、同じプレイヤーなら倒せない道理はない！」

公式に認知されようが関係ねぇ！　同じプレイヤーなら同じように殺せるんだよ！　イベントではあと一歩だったのがその証拠だ！

仲間たちが苦笑するのを努めて無視しながら今まで溜めていたスキルを発動する。

『防人《さきもり》』

モンスターを連続で倒すごとにゲージが溜まり、それを消費することでAGIとVITが上昇するスキルを発動する。

『博愛主義』

一定期間に特定人数のNPCを助けるごとに最大HPと受ける回復の効果が増えるスキルを発動する……今回は助けた人数が多かったために継続回復の効果も解禁されたようだな。

「……ハンネス、本気で殺るんだな！」

「ハッ！　当たり前だ、そろそろ気ぃ引き締めろ！」

最終確認をしてくるラインを安心させるように吼えてみせ、最後の準備が面倒臭いがとっておきのスキルを発動する。

名前が気に入らんが、奴を倒せるのならこの際構わねぇ――

「――『HERO』」

――首を洗って待っとけクソ女。

▼▼▼▼▼▼▼

「影山さん、伸ばしてください」

武器である短刀に影を纏わせてリーチを伸ばし、光を全て吸い込んだブラックホールのような漆黒の大太刀へと変質させます。

いい加減短刀で大剣と打ち合うのは大変ですからね、懐に潜り込むまでが難しいです。

「リーチの有利がなくなっちゃった」

「ご心配なく、ちゃんと『刀術』スキルと『太刀術』スキルも取っています」

「抜かりなくて結構」

大太刀を縦に構えて駆け抜け、こちらに弾丸のように突撃してくる絶対不可侵領域さんへと腰を捻って全身のバネを活用した上段からの振り下ろしによって足場の渡り廊下ごと左腕を切断します。

「切れ味すごいね」

「あなたもよくそんな姿で素早く動けますすね」

本当は頭から左右に断ち切るつもりだったんですがね……横に倒れるようにして避けながらこちらの左脚を切断されてしまいました。

全身を鎧に覆われ鉄の塊のような物ですのに意外と素早いです。

私が左脚を糸で縫合しながら回復し、彼も左腕をくっつけます。

「つらぁ！」

「シッ！」

彼がこちらを足場である渡り廊下ごと叩き潰す勢いで袈裟掛けに振るう大剣を、膝を曲げ背を反らすことで避けながら、腰を捻って両手持ちにした大太刀を首目掛けて振るいます。

『鉄壁要塞』」

「……硬いですね」

首を狙った一撃は彼が防御スキルらしきものを発動したために鎧を浅く傷付けるだけに終わりましたね。反撃を避けるためその場を飛び退き——

「——《雷雷轟轟《らいらいごうごう》》」

「……っ！」

ビックリですね、素早いなんてものじゃない不自然で無理がある挙動で振り返った彼に雷を纏った打撃をもらってしまい、そのまま吹き飛ばされてしまいました。

動きがまるで機械のようで、人間のそれではありませんでしたね。

「……普通殴り飛ばされながら人の腹を斬る？」

「げほっ、ごほっ……斬る余地があったので」

「本当に最高だね君は」

「あなたもなかなか楽しいですよ」

大剣を片手に破壊された城の支柱を持ち上げた彼に薄く微笑みながら応答します。これまでどちらも攻撃は与えられていますが決定打に欠けますね、どうもあと一つ変化が欲しいです。

「「——さっさと死ねばいいのに」」

彼が城の支柱を投げてくるのでそれを片っ端から大太刀で斬り捨てていきます。

大剣で城を解体する勢いで破壊して、残弾を補給しどんどん投げてくるのを峰で弾き、左右に断ち切りながら城の壁を疾走して登っていきます。

「ふっ！」

「シッ！」

飛んでくる支柱の幾つかを火薬玉を投擲することで迎撃しながら、それらに紛れてロケットのように跳躍した彼を城の壁を蹴ることで落下し迎え撃ちます。

相手と視線が交差し、『絶対殺す』という殺意を乗せて大太刀を——

「——勝手に盛り上がってんじゃねぇメインディッシュ共」

横から斧が迫ってきたのですぐさま背後の壁へと糸を伸ばして引き寄せ、回避します。

「おや、お久しぶりですハンネスさん」

「知り合い？　いきなり危ないなぁ」

イベント以来ですかね、彼らのパーティーと対峙するのは……どうやらここまで私を追ってきたようです。

「……危ねぇのはてめぇらの頭だろ」

「同感」

「「はぁ……？」」

「……コイツらマジか」

頭が危ない……先ほどから弓使いがこちらを狙っているということでしょうか？

わざわざ宣言するということはそれだけ自信があるのでしょうね……とても楽しみです。

「《付与全体化》《神聖守護》《神聖攻勢》《リジェネ・エクスヒール》《防疫《ぼうえき》》」

「《付与全体化》《炎熱守護》《炎熱攻勢》《反響詠唱》」

強化付与を重ね掛けしながら連携してくる彼らを絶対不可侵領域さんを警戒しながら迎え撃ちます。鋭い槍の一撃を大太刀で横から殴りつけ、回すようにして絡め取って弾きながら横から振るわれる長剣を下から腹を蹴り上げて凌ぎ、一回の詠唱で二発飛んでくる魔術を切り飛ばします。

「今度こそてめぇをぶっ倒す！」

「やってみなさい」

「あ、彼女は僕のだから」

「あぁ?! 殺すぞサイコ野郎！」

城の上を走り回りながら間合いを測ります……全身鎧の大剣に斧、長剣使いに槍使い、後方には弓使いに魔術師と神官職……見事に前衛、中衛、後衛とバランスが取れていますね。

三つ巴《みつどもえ》の様相を呈していますので、一度に相手する訳ではありませんがなかなかに大変そうです。

「よく考えてみれば各陣営のトップ揃い踏みだね？」

「……確かにケリンの言う通りだな」

確かにこの前のイベントのランキングとかを加味すればここには秩序、中立、混沌のトップたちが相対していることになりますね。

「全員殺します」

「えーと、レーナさんを殺して王女を殺せばトントンだけど……彼らを殺した場合は……？」

「……ねぇ、もう帰りたいんだけど？」

「……言うな、ケリン」

どう立ち回れば彼ら全員を殺し切れるのか、そんなことを思考しながら姿勢を低くして、大太刀を背中に担ぐように両手で構えます。

▼▼▼▼▼▼▼

「――っ、チェリー！」

「くっ、《光輝硬壁》！」

ライン君の焦った声に応えるように『光輝魔術』で覚える上位の結界を張って彼女……レーナさんの投擲から後衛を守ります。

あれだけの人数で乱戦を演じながらこちらに攻撃する余裕があるなんてやっぱり凄い。

「シッ！　……当たらない」

「牽制にはなってるんだから、落ち込まないの」

まさかレーナさんだけでなく絶対不可侵領域さんまで居るとは思いませんでしたけど、彼もPSが少し……というか、かなり頭のおかしい次元にいるようです。

先ほどからミラちゃんが放っている即死狙いのヘッドショットや行動阻害目的の四肢に対する狙撃も、二人共に紙一重で躱したり弾いたりしています。

「ただでさえ夜で暗いっていうのに……《豪炎地走》！」

「なんか影纏ってる……《雷轟滅矢》」

「絶対不可侵領域さんは目立ってますけど……対比でレーナさんを見失いそうです……《照明》」

槍を大太刀で強打され体勢を崩したケリン君を救うべく、そこに突撃しかけた絶対不可侵領域さんの足下へとエレノアちゃんが魔術の炎を走らせ、ミラさんがレーナさんの追撃を防ぐべくスキルを発動した矢を放ち、私が視界を確保するために夜空へと閃光弾を魔術で打ち上げます。

「……居ない？」

「おいこらクソ女！　てめぇ王女をどこにやりやがった?!」

夜空に打ち上がった閃光弾によって全員の影が濃ゆくなりますが、視界が開かれたことで辺りを見渡します。ですがレーナさんが攫ったはずの王女様が居ません。

それについてハンネス君が怒鳴るのを聞きながら不安に苛まれる……まさかとは思いますが殺していませんよね？

「？　……あぁ、お空の上ですよ？」

「てめぇ……」

ハンネス君がさらに怒ってしまいました……私もまだ10歳程度と聞いていた王女様に対する仕打ちに憤りを隠せません。でも彼女の場合は比喩的な表現なのか物理的にお空の上に居るのか判りませんから、まだ生きている可能性はあります。

「ほら、あそこに」

「……まさかの物理的に空の上だとは」

お城の本体とも言うべき一番大きい建物の屋根をぶち抜いた先に王女様が吊るされていましたが……これが人のやることでしょうか？　あんまりにも可哀想で愕然としてしまいます。

小さい子どもをあのような高所に吊るすなんて、本当に信じられません。

「お前に人の心はないのか……」

「？　私は人ですので、私の心が人の心と言えるのではないでしょうか？」

「……そんな哲学めいた話はしてねぇよ！」

レーナさんは話を逸らそうだとか、煙に巻こうとかしていなくて素でこう返していますからね……同じ日本語を話しているはずですのに会話が成立しません。

今も怪訝な顔をしながら尖塔の屋根ごとハンネス君を大太刀で寸断しています。

「《エクスヒール》！」

「サンキュー、チェリー！　……《清浄青光》！」

すぐさまハンネス君を回復すればお礼を言いながら武器に秩序属性を付与するスキルを使用しながら、背後から迫っていた絶対不可侵領域さんへと斧をフルスイングしながらその衝撃を利用して尖塔から飛び降り、この間にライン君とケリン君で対処していたレーナさんに突撃します。

「《漆黒刀》」

「チッ！《パリィ》！」

身体全体を使うようにして大太刀を振り回し、ライン君とケリン君の押さえを外してからスキルを使用して大太刀を振るうレーナさんの攻撃を防ぎ、吹き飛ばされたのを仕方がないと利用して上から迫る絶対不可侵領域さんにハンネス君が向き直ります。

「君たちもなかなか面白いじゃないか！《加重》《加速》《破砕豪剣》！」

「……サイコパス同士似たようなことほざいてんじゃねぇよ！《硬化》《増強》《大地の城壁》！」

レーナさんが絶対不可侵領域さんたちの近くの尖塔を下から切断し、倒れ込んでくるそれを無視しての絶対不可侵領域さんの猛攻をハンネス君が城壁を生み出して防御しながら殴り付けます……城壁で殴るなんて彼も段々と毒されてきてますね。

「……相手は一人ずつ、こっちはパーティーなのにね？」

「本当に嫌になるな、ゲーマーとしてのプライドが折れそうだ」

「ラインも落ち込むんだ？」

「そりゃな」

　尖塔が崩落し、けたたましい音を立てて辺りに瓦礫の雨を降らせますが……土煙と一緒にそれが晴れれば大太刀を構えたレーナさんと大剣を担いだ絶対不可侵領域さんが健在の様子が見れます。

　二人の足下を見るに尖塔を切断したり粉砕したりして凌いだようです、化け物ですね。

「……チッ！　チェリー！　エレノアァ！　隙を作るから頼んだぞ！」

「了解です」

「まぁ、仕方ないか」

　我らのリーダーであるハンネス君の意図を正確に理解し、そのための行動を開始します。

　まずは前衛組にさらなる強化付与を効果の薄いものまで重ね掛けしてからＭＰポーションを飲み、いつでも駆け出せるように切り札の特殊強化を発動します。

　それらが終わって直ぐに背後からライン君に切りかかろうとしたレーナさんの目の前に結界を張って邪魔をすれば、絶対不可侵領域さんが突っ込んできます。

「行かせるかァッ！」

「浮気はよくないよ？」

ハンネス君が押さえ、ケリン君が鎧の隙間に突きを放ちますが……鈍重な見た目とは裏腹に俊敏な動きで躱してしまいます。

まだ有効打を与えられません。レーナさんの一撃は城や地面ごとこちらを切断してきますし、絶対不可侵領域さんの攻撃は一発マトモに食らえば即死だとわかりますのに、理不尽でさえあります。

「……へっ！　絶対不可侵領域は想定外だが、そろそろレーナ……てめぇに一泡吹かせてやるよ」

「……へぇ、それは楽しみですね？」

元々彼に頼まれたクエストもありますからね、ここで絶対にレーナさんを出し抜いてやります。

▼▼▼▼▼▼

「まぁ、なにをするつもりなのかは知りませんが」

「けっ！　後で泣いても知らねぇぞ？」

さてさて、一体どんなことをして私を楽しませてくれるのか楽しみですね。

そんな会話をしつつ横から突っ込んで大剣を横薙ぎに振るってくるエルさんの攻撃を姿勢を低くして躱しながら胴を大太刀で薙ぎ払います。

「本当に硬いですね……」

「よしっ！　レーナさんと王女を殺してトントン、君たちを殺したあとは両国の軍隊を殺してトントンだ」

「……イカレ野郎が」

どうやらエルさんはカルマ値を調整する目処が立ったようですね、こちらもそろそろ全員を殺し切ってしまいましょう。

「《写し影絵》」

大太刀の柄の先から細く伸びた影が私の背を回って二本目の大太刀を形作ります。背後で細い紐のような影で繋がった二刀流ですね、これで『二刀流』スキルの補正も加わるでしょう。

「また珍妙なスキルだねっと！」

突き込まれた槍を左手に持った大太刀を背負うようにして防ぎつつ回すように払うことで弾きながら、後衛の魔術師と神官職の女性たちに向かって指に挟んでいた爆薬付きの長針を投擲します。

「うっそぉ、両手塞がってるじゃん……」

「エレノアァ！　チェリー！」

前方の剣士を《加速》と《加重》のスキルを乗せた右手の大太刀の薙ぎ払いによってたたらを踏ませ、毒煙玉を置いてそのまま直進……絶対不可侵領域のエルさんとハンネスさんに突撃します。

「死になさい」

「君が死んで？」

「死ぬのはテメェらだよ！」

左右から迫り来る大剣と斧を逆手に持った両方の大太刀の側面で滑らせながら前進することで凌ぎ、眉間を狙って飛来する矢を右手の大太刀を逆手から順手に持ち替える動作で打ち払います。

「……お前がジェノサイダーだとは思わなかったよ」

「そうですか？　私も――おや？」

左手に持った大太刀でエルさんの大剣を受け止めたハンネスの胴体を切り離そうとしますが後方から追い付いた槍使いと剣士さんによって槍と長剣で挟み、引っ掛けるようにして止められてしまいました……これでは振るえませんね。

「影山さん」

「なっ?!」

「ハンネス！　すまん、抜けられた！」

まぁ元々影でできてますからね、一旦大太刀を消し去ってからまた再度出現させることで妨害から抜け出し、予定通りに大太刀を振るいます――が、さすがハンネスさんですね。

エルさんの猛攻を凌ぎ切ってこちらに対処までするようです。

「《地ならし》！」

「おっと」

「危ないなぁ」

局所的な地震……のようなものを発生させてこちらの体勢を崩しにきましたので、糸で城の壁へ引っ張ってもらって回避します。エルさんはそのまま地面に大剣を突き刺して不動を貫いてますね。

「そろそろか……悪いなレーナ、お前の負けだ」

「？　いきなりなにを言い出すんですか？」

ハンネスさんに向けて糸を射出し、その上を滑り降りることで突撃しながらいきなり勝利宣言……なんですかね？　をしたハンネスさんに問い掛けます。

エルさんも首を傾げて気になっているようですね。

「ハッ！　お前エピッククエストの勝利条件忘れたのか？」

「そんなもの――」

「――ハンネス！　王女は無事救出したわよ！」

「…………………………へぇ？　いつの間にか王女様が魔術師と神官職の女性たちの手によって助けられていますね。投擲によって仕留めたと勘違いし、確認を怠った私の落ち度でしょう……エルさんと一緒に私を殺すことが目的だと勘違いしたのも悪かったです。

「ざまぁ！　後はこのまま逃げ切れば俺たちの勝ちだ！」

「……ハンネス、ここぞとばかりに」

「今までしてやられてたからねぇ、鬱憤《うっぷん》溜まってたんでしょ？　僕も少し気分がいいし？」

「でも少しみっともない」

なるほど、彼らは最初からこれが狙いだったのですか……だから今まで積極的な攻勢に出ずに私とエルさんとの戦闘を利用して目を逸らし続けていたと。

「……ふふ、ふふふふ……あっはっはははは！！！」

私としたことがまんまとやられてしまいましたね！　本当にハンネスさんたちは私を楽しませるのがお上手です！　これは末永いお付き合いを頼まなければなりませんね！

「はぁ……逃がすと思いますか？」

「誰が逃げるって？」

「ん？　僕も景品盗られて追い掛けようと思ってたんだけど……逃げないの？」

このまま逃げ切ればハンネスさんたちの勝ちですのに……では王女様というお荷物を抱えてどう

やって私とエルさんを倒すと言うのでしょう？

「言ったろ？　てめぇらぶっ倒すって……お前ら王女様は任せたぞ！　コイツらはまとめて俺が食い殺す！」

「それはまた……」

「大きく出たね、後輩」

「お前先輩かよ……」

なんともまぁ大胆な宣言ですね？　エルさん……九条弥彦さんが先輩だったという事実に驚いているハンネスさんがどうやってこちらを倒すつもりなのか、実に気になりますね。

「花子さん！　武雄さん！　王女様ごと彼らを殺してしまいなさい！」

「あの虫ジェノサイダーのかよ……」

「ケリン、無駄口叩いてないで俺らは護衛だ」

さて、花子さんと武雄さんによるあの数の暴力を以てしても、ハンネスさんが抜けただけでは彼らのパーティーの進軍を遅らせる程度が関の山でしょうから、さっさとハンネスさんを殺して——

「——だから行かせねぇよ『高潔精神・抑強扶弱』」

へぇ、ハンネスさんのスキルの効果でしょうか？　いきなりステータスが上昇しましたね。

私とエルさんをまとめて斧の一振りで吹き飛ばしてしまいました。

「王女は助けるしお前らは倒す！　『神前宣告・俺は暴虐に屈さず従わず』！」

遥か彼方から飛来してくる雷を纏った矢を弾きながらハンネスさんへと突撃します。

左手の大太刀でエルさんの大剣を受け流して逸らしながら、右手の大太刀で首を狙いますが斧で弾かれます。

「『神前宣告・俺は武器折れ四肢挽《も》げようと諦めず』！」

＝＝＝＝＝＝＝＝＝＝＝＝＝＝＝＝＝＝＝＝＝＝＝＝

種族：聖人

名前：ハンネス　Lv．81《＋30》

カルマ値：202《極善》

1stクラス：大地の騎士《ジーヴェル・ナイト》

2ndクラス：斧聖

3rdクラス：豊穣司祭

状態：挑戦《自身が格上と認識した相手に挑む時攻撃力上昇：大》

不倒大地《STR上昇：特大・VIT上昇：特大・攻撃に大地属性：極大・大地属性の与ダメージ上昇：極大》

不変蛮勇《STR上昇：特大・DEX上昇：特大・攻撃時ランダムで武技発動・武技の与ダメージ上昇：極大》

抑強扶弱《STR上昇：特大・INT上昇：特大・攻撃に大地属性：極大・大地属性の与ダメージ上昇：極大》

防疫《状態異常耐性上昇：大》

慈母献身《全ステータス上昇：少・強化効率上昇：大・継続回復：中》

火灼憤怒《かしゃく》《全ステータス上昇：少・強化効率上昇：大・攻撃力上昇：中》
神敵討滅《全ステータス上昇：小・カルマ値：悪の敵に対する与ダメージ上昇：大・継続回復：中》
属性付与《攻撃に大地属性：極大・攻撃に大地属性：特大・攻撃に大地属性：大》
炎熱攻勢《攻撃に火炎属性：中・攻撃力上昇：中》
炎熱守護《火炎耐性上昇：中・防御力上昇：中》
神聖攻勢《攻撃に光輝属性：中・攻撃力上昇：中》
神聖守護《光輝耐性上昇：中・防御力上昇：中》
強化付与《STR上昇：特大・VIT上昇：特大・AGI上昇：特大・INT上昇：特大・DEX上昇：特大》
強化付与《切断強化：特大・打撃強化：特大・命中率上昇：特大・回避率上昇：特大》
防人《さきもり》《AGI上昇：特大・VIT上昇：特大》
博愛主義《最大HP上昇：特大・回復効果上昇：特大》
HERO《混沌に属する者に対する与ダメージ上昇：極大》
ONE FOR ALL《護るべき対象と救うべき対象が多いほど全ステータス上昇：最大75％》
神前宣告：不屈英雄《STR上昇：極大・VIT上昇：極大・混沌に属する者に対する与ダメージ上昇：極大・誰かを護る時全ステータス上昇：極大・常時HP減少：3％／1s》
＝＝＝＝＝＝＝＝＝＝＝＝＝＝＝＝＝＝＝＝＝＝＝＝

ははぁ、これはこれは……完全に正義の味方ですね？

しかも強化のされ方や私に対する与ダメージがとんでもないことになってそうです。

「……お前ら覚悟しろよ？」

「なるほどねぇ……『神前宣告・僕はそれを受け入れる』」

おや、絶対不可侵領域さんもいよいよ本気を出しますか。

「『神前宣告・僕はそれを拒絶する』」

＝＝＝＝＝＝＝＝＝＝＝＝＝＝＝＝＝＝＝＝＝

種族：超人
名前：絶対不可侵領域　Lv．72《＋30》
カルマ値：0《不可侵》
1stクラス：覇王
2ndクラス：魔元帥
3rdクラス：不動王
状態：神気憑依・ルーシェン《STR上昇：極大・VIT上昇：極大》
無謀《両陣営を敵に回した時攻撃力上昇：大》
我が栄光《STR上昇：特大・AGI上昇：特大・混沌陣営を敵に回すごとに攻撃力上昇：極大・秩序陣営を敵に回すごとに攻撃力上昇：極大》
魔統《INT上昇：特大・LUK上昇：特大・従魔に対する強化効率上昇：極大・従魔からの強化効率上昇：極大》

不可侵領域《STR上昇：特大・AGI上昇：特大・混沌陣営を敵に回すごとに素早さ上昇：極大・秩序陣営を敵に回すごとに素早さ上昇：極大》
神敵討滅《全ステータス上昇：小・カルマ値：悪と善の敵に対する与ダメージ上昇：中・継続回復：中》
属性付与《攻撃に光輝属性：極大・攻撃に暗黒属性：極大・攻撃に火炎属性：極大・攻撃に雷鳴属性：極大》
強化付与《STR上昇：特大・VIT上昇：特大・AGI上昇：特大・INT上昇：特大・DEX上昇：特大》
強化付与《切断強化：特大・打撃強化：特大・命中率上昇：特大・回避率上昇：特大》
神前宣告：永世中立《STR上昇：極大・VIT上昇：極大・自身のカルマ値からかけ離れた相手からの被ダメージ減少：極大・自身のカルマ値からかけ離れた相手に対する与ダメージ上昇：極大・常時HP減少：3%／1s》
＝＝＝＝＝＝＝＝＝＝＝＝＝＝＝＝＝＝＝＝＝＝＝

「「お前《きみ》は？」」

「……仕方ありませんね『神前宣告・ここは私の庭であなたは玩具』」

これ、あの不細工な神の前で宣誓しているのかと思うと怖気《おぞけ》が走るんですよね……別に今は居ないんですけどなんか嫌です。

「『神前宣告・楯突くな黙りなさい』」

＝＝＝＝＝＝＝＝＝＝＝＝＝＝＝＝＝＝＝＝
種族：魔人
名前：レーナ　Lv．69《＋30》
カルマ値：－321《極悪》
1stクラス：破滅女王
2ndクラス：魔王
3rdクラス：人間魔薬
状態：神気憑依・影山さん《STR上昇：極大・AGI上昇：極大》
遊戯《秩序陣営に対する攻撃力上昇：大・中立陣営に対する攻撃力上昇：中》
虐殺器官《STR上昇：特大・AGI上昇：特大・人類種に対する与ダメージ上昇：極大・秩序に属する者に対する与ダメージ上昇：極大》
魔統《INT上昇：特大・LUK上昇：特大・従魔に対する強化効率上昇：極大・従魔からの強化効率上昇：極大》
狂騒凶薬《STR上昇：特大・AGI上昇：特大・INT上昇：特大・VIT減少：特大・猛毒状態の時HP回復・猛毒状態：常時HP減少：2％／5s》
神敵討滅《全ステータス上昇：小・カルマ値：善の敵に対する与ダメージ上昇：大・継続回復：中》
属性付与《攻撃に火炎属性：極大・暴風属性：極大・光輝属性：極大・暗黒属性：極大》
強化付与《STR上昇：特大・VIT上昇：特大・AGI上昇：特大・INT上昇：特大・DEX

上昇：特大》
強化付与《切断強化：特大・打撃強化：特大・命中率上昇：特大・回避率上昇：特大》
神前宣告：極悪令嬢《ＳＴＲ上昇：極大・ＡＧＩ上昇：極大・人類種に対する与ダメージ：極大・自身よりもカルマ値が上であるほど与ダメージ上昇：極大・常時ＨＰ減少：３％／１ｓ》
＝＝＝＝＝＝＝＝＝＝＝＝＝＝＝＝＝＝＝＝

「さて、では――」

「そんじゃまぁ――」

「準備も整ったところで――」

右手の大太刀を縦に構えて左手の大太刀を前方へと突き出します。

ハンネスさんとエルさんも同じく武器を担ぎ構えましたね。

「「「――死ね」」」

そして三人同時に中心へ向けて駆け出します。

▼▼▼▼▼▼

背を反らして横薙ぎに振るわれ目の前をスレスレで通る大剣を見送る。

隣の城壁を粉砕されるのを無視して腰を捻り、左手に持った大太刀でエルさんの首を狙って低い姿勢のまま回転するように振り下ろしつつ、右手に持った大太刀で横から迫るハンネスさんの斧を下から切り上げて弾きます。

「ふんっ！」

「っらぁ！」

「シッ！」

そのまま回転して地面を切断しながら糸を射出してはその場を飛び退き、左右から振り下ろされた強烈な大剣と斧による一撃を躱しつつ火薬玉を投擲した爆風によって彼らを吹き飛ばします。

「《極雷断裂》！」

「《地震圧縮撃》！」

「《聖魔抜刀》！」

大剣に激しい雷を纏わせ極光を放つエルさんと、黒い重力場のような圧力のある鈍い光を発生させるハンネスさんたちへと上空から糸を足場に跳躍する。凄まじい勢いで下降しながら即席の鞘を両腰に影で創り、鞘走りを発生させながら反発し合う属性を無理やり混沌属性で纏めて放ちます。

「「「……」」」

極光を放つ大剣の逆袈裟の振り上げでけたたましい音を立てて城が半壊し、鈍い光を発生させる斧の上段からの振り下ろしによってこちらの身を打つ鈍音と共に地面が陥没する。

そして私の大太刀の抜刀術による二連撃の結果として刺すような摩擦音を発生させながら向かいの城壁ごと尖塔と地面が寸断されていく。

「俺も人のこと言えねぇが、お前ら壊し過ぎじゃね？」

「え、そうですかね？」

「お城だけあって、まだまだあるよ?」

「……あぁ、そうかよ」

会話もそこそこに再度切り結んでいきます。既に三人とも《宣誓》スキルの進化した《神前宣告》を使用していて時間があまり存在していないのでさっさと決着を付けなければなりません。

「まぁ、とにかく――」

「それよりも――」

「お前ら全員――」

既に十秒ほどは先ほどまでの攻防で経過していますし、この後すぐに王女様を取り返しに行かないといけません。急ぎませんと本当に時間がなくなってしまいますからね。

「「――さっさと死ね」」

上段から振り下ろされる大剣を順手に持った左の大太刀で受け止め、逆手に持ち替える動作で倒すことによって刃先を滑らせて凌ぐ。

横からエルさんを斧で殴り付けるハンネスさんに便乗して大太刀の柄で顔面を殴打してから右手の大太刀を横薙ぎに払ってハンネスさんの腹部を斬り付ける。


――――あと四十秒。

ですが今度は二人に挟まれる形になり背後から大剣が、前方からは斧がそれぞれ腰を捻り回転を加えて振り抜かれます。それを凌ぐべく武器に掛けた影を全て解除することで二本の大太刀を一本の短刀へと戻し、それを口に咥えながら前方へと射出した糸に引っ張られるようにして大剣と斧の隙間を回転しながら通り抜ける。

……ちょっと胸がキツかったですね、平均よりも大きいので少し不便です。

――――あと三十五秒。

なぜか顔を赤くして目を逸らしたハンネスさんの隙を見逃さず、地に足を付けたと同時に踏み込んで再度影で創り出した左右の大太刀で挟むように振り下ろしながら押し込みます。

寸前で斧で弾かれ防がれてしまいますが、押し込んで前進したことで後方からの大剣の振り上げを回避しつつ、バランスを崩したハンネスさんに追撃を仕掛けます。

――――あと三十秒。

斧を振り上げることで重心移動をして回避するハンネスさんの視線から後ろのエルさんが突撃してくることを察知し、すぐさま身体を横に倒して避ける。

私とハンネスさんの上を通り抜ける際に殴り付けてくるのを大太刀を身体の横で交差させてから防ぎ、そのまま勢いを利用して跳び退きます。

――――あと二十五秒。

大太刀を重ねるようにして前方に振ることでエルさんを攻撃しながら地に足を滑らせて身体の向きを入れ替えます。攻撃は弾かれましたが再度ハンネスさんに向き直った体勢のまま火薬玉をエルさんに投擲して牽制しながら突撃します。

――あと二十秒。

スキルのエフェクトを纏った斧の連撃を捌いていき、上昇からの振り下ろしを逆手に持った左の大太刀の刃先で滑らせる。左斜め下からの振り上げを背を反らして躱し、右手の大太刀で首を狙って振るうことで追撃を妨害します。
そのまま防いだ斧で大太刀ごとこちらを地面に押し倒そうとするハンネスさんの鳩尾をつま先で蹴り上げながら持ち上げて、こちらへと迫るエルさんへと蹴り飛ばし、大太刀を地面に突き刺してそれを支柱にして起き上がります。

――あと十五秒。

お互いに弾き合い跳び退く彼らに毒針と火薬玉を投擲しながら突っ込んでいく。
助走をつけて跳び上がり、左右の大太刀を重ねるようにして回転を付けた袈裟斬りをエルさんに放ちますが、大剣のフルスイングで斜め下へと弾かれてしまいます。

――あと十秒。

ハンネスさんに右手の大太刀を投げ飛ばしながら左手の大太刀を両手で握り締め、背中に背負うように上段に構えてエルさんに振り下ろしますが、大剣で押さえられてしまいました。

ですので一旦影を消して短刀に戻し、突然押さえるべき物がなくなり前のめりになったエルさんの首を狙います……が、左手で思いっ切りお腹を狙った拳が迫っていますので糸で巻き取って勢いを殺し、引きちぎられる僅かな時間を利用して後方に跳び退いて凌ぎます。

――あと七秒。

毒針を弾いたハンネスさんと振り上げた拳を大剣に添え、両手で振りかぶるエルさんが二人同時にこちらに殺意を隠そうともせずに迫ります。

――あと六秒。

こちらへと踏み込み、ある程度近付いたところで鋼糸の罠を発動します。

――あと五秒。

地面や瓦礫に紛れて仕込まれていた鋼糸が一斉に彼ら二人の身体を巻き取り、関節に長針を投擲することで突き刺し固定します。

――あと四秒。

再び大太刀を二本両手に持って、足下に《噴射》を掛けながら突撃……彼らの首を狙います。

――あと三秒。

もう時間がありませんので、これで決めるという決意と覚悟を以て大太刀に《報復絶刀》スキルのエフェクトを纏わせ振りかぶります。

――あと二秒。

関節が壊れることも厭《いと》わず、むしろ折り曲げて長針を折りながら糸を引きちぎって後方へと二人が逃れようとしますが……大太刀の影を伸ばしてその首を射程圏内に再度収めます。

――あと一秒。

それぞれの武器で防ごうと構えますがこの大太刀の影を一旦消し去り、彼らの武器を通り過ぎたところで再度刃を伸ばします。

――――――あと〇・五秒。

驚きの表情を浮かべるもすぐ様こちらに対して武器を振りかぶる彼らを視界に収めながら大太刀を振り抜き、彼ら二人の首を叩き斬る――

「「……」」

――両手の大太刀を振り抜いた姿勢のまま、こちらにそれぞれの武器を振り下ろす体勢で動きを止めた彼らを眺めます。

「朝、ですね」

「あぁ、そんでもって時間切れだ」

「決着つかず、か……楽しかったからいいけどね？」

彼ら二人の首を落とす寸前に朝日が昇る……と同時に時間切れで、そのまま影が消え去ってしまいました。

《リスポーンまであと――》

自身のＨＰが全損し、そのような通知が来ているのを横目で確認しながらこの最高のお友達に心からの満足感を滲ませた微笑みを浮かべます。

「ありがとうございます、最高に楽しかったです」

「けっ！　こっちは面白くねぇよ！」

「そうだね、満足だね」

二人共言っていることは正反対ですが、同じく満足気な表情をしている辺り同じ感情を抱いているのでしょう……まぁただ、そうですね。

「ですが、まぁ――」

「お前ら全員――」

「でもさ――」

絶対不可侵領域さんが首を搔き切るジェスチャーを、ハンネスさんが中指を突き立てて――

「「「――死ねばよかったのに」」」

――私が舌を出して親指を地面に向けて振り下ろす。

幕間．公式掲示板　その２

【なんか】総合雑談スレ 321【戦争起きたっぽい?】

231. 名無しの冒険者
>>229
なにやってんですかねぇ？ w
232. 名無しの冒険者
>>229
草
　233. 名無しの冒険者
　>>231
　贖罪の紳士ツアーらしいぞ
　ジェノサイダーちゃんから王女ちゃんを救えなかったから？ とかなんとか……
234. 名無しの冒険者
それで王都のド真ん中をあの格好で駆けずり回るの草ですよ……
235. 名無しの冒険者
そのジェノサイダーちゃんのせいで何か戦争起きてるっていうのにな w
　236. 名無しの冒険者
　>> 235
　それだよ、何か知らん内に開戦してたんだけど誰か解説してくれん？
237. 名無しの冒険者
ジェノサイダーちゃん辺境派遣軍を殲滅、その時王太子に目を付ける→
ジェノサイダーちゃん王都入り、この時お忍びで街に出ていた王女ちゃんに目を付ける→
ジェノサイダーちゃん国王殺害後に王女ちゃんを攫って『始まりの街』へ→
聖母マリアちゃん主催の秩序 vs ジェノサイダーちゃん→
勝利したジェノサイダーちゃんが王女ちゃんの名義と傀儡領主の伝手を使い帝国に宣戦布告→
帝国軍、王国領内に侵入←イマココ
237. 名無しの冒険者
最初から最後まで意味不明で草
238. 名無しの冒険者
まずいきなり辺境派遣軍を殲滅するなよと……
239. 名無しの冒険者
王太子に目を付ける→王女ちゃんに目を付ける→国王殺害
この流れがマジで意味がわからん、ジェノサイダーちゃんは何を考えているんだ……
240. 名無しの冒険者
サイコパスの思考を読むだけ無駄だぞ
241. 名無しの冒険者
ミイラ取りがミイラになるぞ
242. 名無しの冒険者
深淵を覗く時深淵もまたこちらを覗いているのだ……
243. 名無しの冒険者
狂人の真似事をすればそれ即ち狂人なり……
244. 名無しの冒険者
そうそういきなり帝国軍に襲いかかった絶対不可侵領域みたいなね
245. 名無しの冒険者
そうそう……ん？
246. 名無しの冒険者
なんだって？
247. 名無しの冒険者
帝国軍に襲いかかった……？
248. 名無しの冒険者
クソッ！ マトモな奴が居ない！
249. 名無しの冒険者
なんで襲いかかったんや……
250. 名無しの冒険者
断片的にしか把握していないけど

帝国の姫騎士将軍が中立であろう渡り人に案内頼むも、それが絶対不可侵領域だった→
案内が終わったあと、おそらく騒乱に協力したとかでカルマ値が下がる→
それを元に戻すために帝国軍に襲いかかる→
重要 NPC である姫騎士将軍の首が飛ぶ←イマココ

252. 名無しの冒険者

> それが絶対不可侵領域だった
ここでもうダメ

253. 名無しの冒険者

なんで寄りにもよってそいつに案内頼んだんや……

254. 名無しの冒険者

>>253

姫騎士将軍が迷子の子どもを送り届けたあとに上がったカルマ値を戻すため、その子の親をビンタする奴とか知るわけない

255. 名無しの冒険者

>>254

もう何言ってるのかわかんない w

256. 名無しの冒険者

普通の奴でも知らねぇよ w

【戦争の前に】総合雑談スレ 328【王都が死にそう】

4. 名無しの冒険者

さて諸君、戦争が本格化する前に王都が死にそうな件について

5. 名無しの冒険者

王都目前まで迫った帝国軍が敗走したと油断してたらこれだよ

6. 名無しの冒険者

ジェノサイダーちゃんが元気よく貴族を襲いまくってて草生やす

7. 名無しの冒険者

ちょっと衛兵！ 何やってるの？！

8. 名無しの冒険者

なお騎士団や衛兵は王太子と第二王子の派閥争いに巻き込まれて上手く機能していない模様

9. 名無しの冒険者

>>8

これは無能

10. 名無しの冒険者

こんなん連れ回される十歳程度の王女ちゃんにはトラウマやろ……

11. 名無しの冒険者

誰か助けたれよ

12. 名無しの冒険者

お前が行けよ

13. 名無しの冒険者

変態紳士はなにやってるんだ！

14. 名無しの冒険者

>>13

今独房に居るよ！

15. 名無しの冒険者

草

16. 名無しの冒険者

そういやそうだった w

17. 名無しの冒険者

今牢屋をぶち壊そうと暴れてるらしいぞ

18. 名無しの冒険者

必死の形相で王女ちゃん助けに行こうとしてて変態だけど尊敬できる

19. 名無しの冒険者

でも独房硬いし、スキルも使えなくなるからな～

20. 名無しの冒険者

この変態カッコよすぎて濡れる

21. 名無しの冒険者

それに比べてジェノサイダーちゃんは死体を普通に踏んづけるしな
22. 名無しの冒険者
いいなぁ……俺もレーナ様に踏まれたい
23. 名無しの冒険者
ほんそれ、俺もレーナ様に踏んづけ……ん？
24. 名無しの冒険者
>>22
こいつジェノラーだ！ 囲め！
25. 名無しの冒険者
本当にどこにでも湧くなぁ……w
26. 名無しの冒険者
まぁでも、ジェノラーではないけど美少女に踏まれたい気持ちはわかる
27. 名無しの冒険者
実は俺も
28. 名無しの冒険者
ジェノサイダーちゃんガチの美少女やからな
29. 名無しの冒険者
そんな子に踏まれたい人生だった……
30. 名無しの冒険者
お前らNPC達の戦いを見ろよw
31. 名無しの冒険者
途中からただの性癖の話になってて草
32. 名無しの冒険者
貴族達が可哀想だろぉ？！
33. 名無しの冒険者
じゃあテメェらはジェノサイダーことレーナちゃんに踏まれたくねぇってのかよ？！
34. 名無しの冒険者
ううん、踏まれたい
35. 名無しの冒険者
素直w
36. 名無しの冒険者
コイツらダメだぁw

【街道の死体は】総合雑談スレ343【バグか何かか？】

453. 名無しの冒険者
んで最終的にバグじゃないって事でOK？
454. 名無しの冒険者
>>453
みたいだぞ、少なくとも仕様らしい
455. 名無しの冒険者
あれじゃね？ 今戦争中だからじゃね？
456. 名無しの冒険者
まぁいきなり死体が消えなくなった要因として一番関係ありそうなのが戦争だよなぁ
457. 名無しの冒険者
検証班の調べでは時間経過で腐食っぽくなってたから、何かのフラグじゃないかってさ
458. 名無しの冒険者
死体を片付けないと疫病の原因になって戦争どころじゃなくなる……とか？ このゲームだとありそう
459. 名無しの冒険者
じゃあなんで王国騎士団は死体処理しないんだよ
460. 名無しの冒険者
そりゃおめぇ……あれよ
461. 名無しの冒険者
王都でジェノサイダーちゃんが盛大に暴れたからね……
462. 名無しの冒険者
敵兵の死体処理まで手が回らんのかw
463. 名無しの冒険者
本当になんという事をしてくれたのでしょう

464. 名無しの冒険者
じゃあこれ俺らで片付けた方が良くね?
465. 名無しの冒険者
とか話している内にご本人登場
466. 名無しの冒険者
ジェノサイダーちゃん街道に出てきてどうするんや、また王都でも襲うんか?
467. 名無しの冒険者
あ
468. 名無しの冒険者
え?
469. 名無しの冒険者
待て待て待て待て
470. 名無しの冒険者
この人ナチュラルに死体を冒涜し始めたぞ……
471. 名無しの冒険者
普通ゲームでもする? NPC も現実の人間と変わらないのにする?
472. 名無しの冒険者
なんで表情を微塵も変えられずに出来るんだよ、やっぱりコイツ病気じゃねぇの?
473. 名無しの冒険者
死体の冒涜は流石に草も生えない
474. 名無しの冒険者
うわぁ……姫騎士将軍の末路が特に酷すぎ
姫騎士将軍って、本当やったら属性てんこ盛りで俺らみたいなオタクに人気出そうなキャラやったのになぁ……
475. 名無しの冒険者
戦争でなんの戦果もなくぽっと出の渡り人に殺されて死体を数日放置されたあと冒涜されるって……
476. 名無しの冒険者
本当に血も涙もない……王女ちゃんめっちゃ泣いてるやん
477. 名無しの冒険者
そら泣くわ
アレを見て常識を説こうとする王女ちゃんぐう聖
478. 名無しの冒険者
王女ちゃん好きになった……でも悲しいかな、俺が助けに行っても秒殺なんだよなぁ……
479. 名無しの冒険者
力あるサイコパスとか手に負えねぇ……
480. 名無しの冒険者
後で弔ってやるか……
481. 名無しの冒険者
せやな……分からんからって放置してた俺らにも責任があるからな
482. 名無しの冒険者
『火炎魔術』や『光輝魔術』とか使える奴集合な
483. 名無しの冒険者
せめて跡形も無く、な……

【エピッククエスト】総合雑談スレ 361【これほぼイベントじゃね?】

564. 王国の冒険者
誰だよ最初に塹壕戦やり出した奴……
565. 王国の冒険者
地獄なんじゃが……?
566. 帝国の冒険者
こっちでは元騎兵が使えなくなった愛馬を泣きながら潰して糧食にしてたぞ
567. 帝国の冒険者
普段は違うんだろうが帝国兵もみんな強烈なストレスに晒されているからな……有無を言わせない空気があった
568. 王国の冒険者
頭を出せば即座に撃たれ
頭を出さなくてもスキルや魔術の集中運用による爆撃によって塹壕が墓穴になる
ついさっきまで話していた NPC が肉片になる
ヤバすぎない?
569. 帝国の冒険者

もっとこう……大規模な PvP になると思っていた時期が僕にもありました
570. 王国の冒険者
実状はただの地獄絵図というね……
571. 王国の冒険者
知識チートだヒャッハーとかしてごめんなさい
572. 王国の冒険者
>>571
犯人お前か
573. 帝国の冒険者
>>571
これは許されざるですよ
574. 王国の冒険者
いやね？ ゲームとは言えこの頭の良い AI と世界観が合わされば擬似異世界転生ムーヴというか……ロールができるかなって……？
575. 王国の冒険者
せめて時と場合と手段を選びたまへ
576. 王国の冒険者
反省してますん……
まさか先進的な知識の伝授がここまで事態を悪化させるとは思わんかったんや……
577. 帝国の冒険者
知識チートは知識チートでも、戦争にバチくそに関わる知識を伝授しといてなに言ってるの？
578. 王国の冒険者
やっぱ基礎的な知識や思想がないとね、いきなり一足飛びで進んだ知識を与えてもダメだって
579. 帝国の冒険者
知識とは道具
道具の正しい使い方のノウハウも無く与えても事故しか起こさん
580. 王国の冒険者
いや、本当に反省してますんで許してください
581. 王国の冒険者
これ戦争に勝っても人口ピラミッド歪になりそう
582. 帝国の冒険者
最早ジェノサイダーちゃんによる陰謀だって両国が気付いても引っ込みつかんやろ
少なくとも勝って賠償金とか毟りとらんとやってられん
583. 王国の冒険者
いつかこのゲーム内で農業チートだ！ 経済チートだ！ とかやろうとしてたけど二の足を踏むな……
584. 王国の冒険者
こんな専制君主制の国でやっても、ね……？
585. 王国の冒険者
人権とか無いし、ますます奴隷需要とか高まりそうだし、わざわざファンタジー世界を大航海時代とか、奴隷貿易時代にせんでも良かろう
586. 帝国の冒険者
ただまぁ島津の釣り野伏せみたいなのは大歓迎よ
587. 王国の冒険者
あれは凄かったなぁ
588. 帝国の冒険者
敵側であるこっちでも拍手が巻き起こったしな
589. 帝国の冒険者
これは良い戦術知識チート
590. 王国の冒険者
一つ聞いてもいい？
591. 王国の冒険者
なに？
592. 王国の冒険者
ん？ なんや？
593. 王国の冒険者
ジェノサイダーちゃんどこ？
594. 王国の冒険者
あ

595. 帝国の冒険者
あ、あー
596. 帝国の冒険者
あれ？ そういえば自分から戦争起こしておいて見かけないな？
597. 帝国の冒険者
自分に関係なくても乱入しそうなイベントなのになんで居ないの？ 逆に怖いんだけど？
598. 王国の冒険者
いったい何を企んでいるんや……？
599. 王国の冒険者
ジェノサイダーちゃんが居ないなら居ないで不穏なの草
600. 帝国の冒険者
絶対に何か企んでるだろ
601. 帝国の冒険者
怖すぎて夜しか寝れん

【帝国】総合雑談スレ 368【＼(^o^)／】

793. 名無しの冒険者
今きた、経緯を教えてくれ
794. 名無しの冒険者
あのサイコパス共……
　795. 名無しの冒険者
　>>793
　じゃあ簡潔に三行で
　・ジェノサイダーちゃんモンスターを多数引き連れ帝都に突撃
　・自らも暴れながら都市空襲を敢行
　・皇城で絶対不可侵領域とガチバトル
　こんな感じか？
　　796. 名無しの冒険者
　　>>795
　　えぇ……？（困惑）
797. 名無しの冒険者
改めて説明されても意味がわからんw
798. 名無しの冒険者
乱入しそうな戦争イベントを放置してると思ったらこれだよ
799. 名無しの冒険者
これを『ジェノサイダーちゃん空き巣事件』と呼称する
800. 名無しの冒険者
空き巣は草
確かに帝国は背後を突かれた形になるもんなw
801. 名無しの冒険者
しかもモンスター軽く四桁は居たからね？
802. 名無しの冒険者
多すぎやろ、そんな規模のモンスタートレインとかどうやったんやw
803. 名無しの冒険者
数千のモンスターを引き連れて現れ、夜間に都市を空から燃やし、皇帝の住まいである城を襲う……
804. 名無しの冒険者
これは名実共に魔王ですね、間違いないw
805. 名無しの冒険者
もう全部あいつ一人でいいんじゃないかな……
806. 名無しの冒険者
一人だけやってる事の規模が違うw
807. 名無しの冒険者
戦術知識チートとかイキってすいませんでした……
808. 名無しの冒険者
ジェノサイダーちゃん戦略規模でチートしとるw
809. 名無しの冒険者
国王を殺害して初動を遅らせ、国内問題を表面化＆激化してから王女ちゃん攫う（後に帝国に宣戦布告）→

帝国の先遣隊が壊滅(これは絶対不可侵領域による偶然)→
それを受けて両派閥の有力貴族を白昼堂々と殺しまくり、調子に乗り始めた王国に冷や水を浴びせる→
初戦敗北で帝国が二の足を踏まないように姫騎士将軍の死体を陵辱→
怒りに燃える帝国が全力出撃、王国との戦争が本格化する→
戦争というイベントにプレイヤーが沸き立ち、それに掛かり切りになる→
その隙をついて帝都を大規模襲撃←イマココ
流れ完璧過ぎやろw
810. 名無しの冒険者
完全に掌の上でコロコロされてってワロタwww
811. 名無しの冒険者
絶対不可侵領域という想定外の事態にも対処するしヤバすぎw
812. 名無しの冒険者
傾国の美女(物理)
813. 名無しの冒険者
傾国の美女ワロタwww
814. 名無しの冒険者
物理的に傾国させんの草
815. 名無しの冒険者
なんかジェノサイダーちゃんと絶対不可侵領域にハンネスも加わって各陣営のトップによる三つ巴のバトルが開催されてる
816. 名無しの冒険者
いつの間にそこまで事態が進んだんや……
817. 名無しの冒険者
秩序、中立、混沌のトップ達による三つ巴とか激熱展開やん
818. 名無しの冒険者
皇城の様子はどうですか……?(小声)
819. 名無しの冒険者
遠くから見えないくらいには倒壊してるよ(白目)
820. 名無しの冒険者
あっ……皇帝は泣いて良いのでは?
821. 名無しの冒険者
文字通りの人災やからな、防ぎようがない……本当にどうやったらあそこまで暴れられるんや……
822. 名無しの冒険者
トップは総じて頭おかしい
823. 名無しの冒険者
離れてても爆音が聞こえてくりゅ……帝国のご冥福をお祈りします
824. 名無しの冒険者
ジェノサイダーちゃんのせいで大陸西部のパワーバランスぐちゃぐちゃやろ? これ帝国から色んな国が独立しそう……最近征服された国とかモロやろ
825. 名無しの冒険者
そうなったらどうなるんやろ?
826. 名無しの冒険者
戦乱地域になって傭兵クエストが増えるんでない?
827. 名無しの冒険者
よっしゃ! 傭兵ロールが捗るぜ!
828. 名無しの冒険者
混沌としそうだなぁw
829. 名無しの冒険者
夜明けにする話じゃないぞw

◆エピローグ

「大丈夫よ」

「……はい」

ハンネスが一人で殿《しんがり》になって狂人二人を抑え込んでいる間に、上空という死角から襲ってくるキモい虫たちから王女ちゃんを護りながら連れてエルマーニュ王国・王都の神殿に他のパーティーメンバーと一緒に辿り着いたのだけれど……元気がなさそうね？

「エレノア、王女は大丈夫なのか？」

「うーん、ハンネスが心配みたいね」

王女ちゃんの様子を見て取ってラインが心配の声を掛けてくるけれど……やっぱり仕方ないわね。あのジェノサイダーことレーナちゃんにしばらく連れ回されていたんだもの……嫌なものを見てきただろうし、自分を助けようとした人たちが目の前で殺されることもあったでしょう。

「わざわざ神殿で待つくらいだもんねぇ～」

「ケリン茶化さない」

ミラに叱られているケリンを横目に見ながら王女ちゃんのことについて考える……元々この国の王太子殿下から王女ちゃん付きのメイドさんの遺品探しのクエストを受けて、それをクリアした後に救出のためのワールドクエストを受けたのよね。

だから本当はワールドクエストとエピッククエストの両方をクリアするために先ず王城に出向か

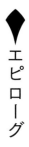

なければならないのだけれど、王女ちゃんが『ハンネス様が心配です』って思い詰めた表情で言うものだから尊重した結果、今神殿に居る訳で……。

「大丈夫ですよ、私たち渡り人は死んでも死にませんから」

「……私の前から居なくならないですか？」

「えぇ、勿論です」

おそらく信頼していたメイドさんも、父親である王様も、レーナちゃんに殺されて自分の前から居なくなったりしたことが尾を引いているんでしょうね……そんな王女ちゃんを慰めている。

こういう時はさすがのチェリーね、保育士志望なだけはあるわ。

「「……」」

そうこうしている内にリスポーンしてきたわね……というよりレーナちゃんや絶対不可侵領域まで一緒に出てきたのには驚きを隠せないわ。

ハンネスが死ぬのはわかっていたけれど、大健闘したのね……なんでお互いに危ないジェスチャーをし合っているのかは知らないけれど。

「ここは……王都の神殿ですか、そういえば王都から帝都まで走ったんでしたね」

「僕もモンスターの群れを追い掛けてそのままだったね」

「……お前らを王都から追い掛けたこっちの身にもなれってんだ」

……凄いわね、先ほどまで本気で殺し合っていたのでしょうに普通に会話を始めてしまったわ。

ハンネスも自然と加わる辺り本人は否定するでしょうけど、着実に毒されてきているわね。

「あの……ハン、ネス様……」

「あ？　……なんだ」

「大丈夫……でしょうか？」

「ハッ！　俺がやられる訳ねぇだろ！」

王女ちゃんが私の背後から恐る恐るといった様子で出てきてハンネスに心配の声を掛けるけれど、あのアホはそんな王女ちゃんの気も知らないで本当に……はぁ～、近くにレーナちゃんが居るから前に出るのは怖かったでしょうに。

「無事に逃げられたようですね？」

「っ！」

「……第二ラウンド行くか？」

そんな王女ちゃんにレーナちゃんが声を掛けたことでこの場の空気が張り詰める。すぐさまハンネスが王女ちゃんの前に庇うように出て彼女に凄む……こういうところは格好いいのだけれどね？

「……私は別に構いませんが？」

そう言って首を傾げる彼女に脱力してしまう……なにを考えているのかわからないけれど、おそらくこちらが緊張した面持《おもも》ちなのが理解できないのではないかしら？

「てめぇ、この期に及んでまだ王女を狙うなら容赦しねぇぞ？」

「……あぁ、そういうことですか」

ハンネスが王女ちゃんを背に隠して彼女に対して威嚇すればやっと理解したようで、こちらを微妙な表情で見つめてくる……なにかおかしなところでもあったかしら？

「今回は王女様を連れて逃げ果《おお》せたあなた方の勝利です、その景品はあげます」

「……そうかよ、気に入らねぇ」

まるで王女ちゃんが物のような言い方にハンネスが顔を顰める。

当の本人である王女ちゃんはレーナちゃんに連れ回された間に色々と慣れてしまったのか気にせずにハンネスを潤んだ瞳で見上げて……その男は止めておいた方がいいわよ？

「そうですか？　まぁいいです、私はそろそろ行きますね」

「けっ！　てめぇを叱ってくれる奴はいねぇのかよ」

そのまま神殿の出入口まで歩き去ろうとする彼女に向かってハンネスが投げやりに掛けた言葉に対し、意外にも立ち止まって俯いてしまう。そんな予想外な反応を見せた彼女に、発言した本人であるハンネスの方がたじろいでしまっている。

「……そんな人、もう居ませんよ」

「……ふん！　そうかよ」

これは予想外ね……思っていた以上になにやら彼女の深いところに踏み込んでしまったみたい。私だけじゃなく他のパーティーメンバーまでどうしていいのかわからないでいる……王女ちゃんだけはなぜか恐怖の表情を浮かべているけれど。

「……おいクソ女」

「本当に失礼な方ですね……なんです？」

そのまま無表情にこの場からさっさと立ち去ろうとする彼女に向かってハンネスがさらに何かを言うべく呼び止める。

正直もうこれ以上刺激しない方がいいのではないかと、ラインがハンネスの肩に手を置くけれどそれを振り払って彼女に向き合って――

「――俺が叱ってやる、から、覚悟しとけ」

「――」

一瞬、ほんの一瞬だけ驚きに目を見開いたあと彼女が薄く微笑む。

そのあまりの温かく、優しい綺麗な表情に……同じ女性の私ですら見惚れてしまう破壊力があって……本当に凄いわね？　これでなぜあんなプレイスタイルなのかがわからないわ。

「……ふふ、それはまた……楽しみにしていますね？」

「っ！　お、おう……そうか」

……本当にこの男は情けないったらないわ。

傍《はた》から見たら口説くような真似を自分からしておいて照れてるんじゃないわよ、王女ちゃんが怪訝な表情で見上げているじゃない。

「いやー、青春っていいね？」

「うるせぇよ、イカレ野郎」

「傷付くなぁ……まぁいいや、レーナちゃんこの後君も呼ばれているんだろ？　また会場でね」

「……そうでしたね、その時はよろしくお願いします」

どうやらレーナちゃんと絶対不可侵領域にはリアルで顔を合わせる用事があるみたいね、そのまま二人で連れ立って神殿を出て行ってしまう。

「良かったな、ハンネス」

「……なにがだよ」

「これで一応勝てたと言えるんじゃないか？」

まぁ、そうよね……王女ちゃんを奪還できたし、エピッククエストも彼と彼女を出し抜いてクリアできそうだし、誇ってもいいと思うわよ？

「……俺が求めるのは完膚なきまでの完全勝利だ、奴に悔し顔させるまで諦めん」

「はぁ……ま、いいか」

「仕方ないわね」

本当にこの男は……一度決めたら聞かないんだから。

それに振り回される周りの身にもなりなさいよね？　慣れているし、楽しいから構わないけれど。

「僕はハンネスに付いていくよ⁉」

「私も彼女が気になって仕方ありません」

「今度こそ奴の頭を撃ち抜く」

「ミラだけ物騒だな……」

ま、まぁミラは無表情だけれど負けず嫌いで感情豊かだから仕方ないわね……多分未だに撃った矢が全て弾かれたり躱されたりしているのが悔しくて気に入らないのね。

「あ、あの！」

「……なんだ？」

「あ、あり……ありが、とう……」

「……気にすんな。助けようと思ったのも、あの女を倒したいと思ったのも俺の自己満足だ」

まったく不器用なんだから……そのままハンネスに頭を荒々しく撫でられて顔を真っ赤に染め上

げた王女ちゃんを連れて、クエスト達成の報告をするべく王城へと向かう。
今日はもう、これでお終いかしらね？

あとがき

皆様お久しぶりでございます！　たけのこです！　２巻から大分間が空いたけど３巻が出せました ー！　わーい！　やったー！（クソデカテンション）

今巻はどうだったでしょうか？　息をつかせぬ怒涛の展開！　日常回？　なにそれ美味しいの？と言わんばかりの虐殺！　戦闘！　虐殺！　そして戦争！　な巻でございました。

そして２巻の後書きでも書いた通り、３巻では掲示板回を見やすく横書きで掲載しております！

VRゲームといえば掲示板回と言っても過言ではないくらいお約束で皆様大好きなパートですが、それが読みづらいとなっては面白さも半減というもの……なんとか都合が付けられてほっとしております。


そして３巻にはｗｅｂ版でも屈指の人気キャラであるマリアちゃんと絶対不可侵領域のビジュアルも登場しました！　お二人共超素敵！

そんな色んな物を詰め込みまくった３巻が出せたのも、コミカライズ版が再始動したのも全て読者の皆様の応援のお陰でございます。

３巻が出せるように、また世に出せる形にできるように尽力してくれた編集部様や担当様、各関係の皆様にも頭が上がりません。

この場を借りて感謝を申し上げます。本当にありがとうございました。
もしも出すことができたなら、4巻でまたお会い致しましょう。

敬具

BKブックス

ジェノサイド・オンライン3

極悪令嬢の混沌衝突

2021年6月20日　初版第一刷発行

著　者　たけのこ

イラストレーター　久坂《くさか》んむり

発行人　今 晴美

発行所　株式会社ぶんか社
〒102-8405　東京都千代田区一番町29-6
TEL 03-3222-5150（編集部）
TEL 03-3222-5115（出版営業部）
www.bunkasha.co.jp

装　丁　AFTERGLOW

編　集　株式会社 パルプライド

印刷所　大日本印刷株式会社

ISBN978-4-8211-4589-8